汉诗选译

修订版

译注 张永鑫 刘桂秋
审阅 金开诚

古代文史名著选译丛书

主编 章培恒 安平秋 马樟根

凤凰出版传媒集团 凤凰出版社

图书在版编目（CIP）数据

汉诗选译／张永鑫，刘桂秋译注． -- 南京：凤凰出版社，2011.5
（古代文史名著选译丛书）
ISBN 978-7-5506-0412-4

Ⅰ. ①汉… Ⅱ. ①张… ②刘… Ⅲ. ①汉诗—选集 Ⅳ. ①I222.734

中国版本图书馆CIP数据核字（2011）第046066号

书　　名	汉诗选译
译 注 者	张永鑫　刘桂秋
责任编辑	卞　岐
出版发行	凤凰出版传媒集团
	凤凰出版社（原江苏古籍出版社）
	南京市中央路165号　邮编 210009
	发行部电话 025-83223462
集团网址	凤凰出版传媒网　http://www.ppm.cn
照　　排	江苏凤凰制版有限公司
印　　刷	江苏新华印刷厂
	南京市张王庙88号　邮编 210037
开　　本	960×1304毫米　1/32
印　　张	9.375
字　　数	152千字
版　　次	2011年5月第1版　2011年5月第1次印刷
标准书号	ISBN 978-7-5506-0412-4
定　　价	19.00元

（本书凡印装错误可向承印厂调换，电话：025-85521756）

《古代文史名著选译丛书》编委会

顾 问

周 林　　邓广铭　　白寿彝

主 编

章培恒　　安平秋　　马樟根

编 委

（均按姓氏笔划多少排列）

马樟根　平慧善　安平秋　刘烈茂　许嘉璐

李国祥　金开诚　周勋初　宗福邦　段文桂

董治安　倪其心　黄永年　章培恒　曾枣庄

（以上为常务编委）

王达津　吕绍纲　刘仁清　刘乾先　李运益

杨金鼎　曹亦冰　常绍温　裴汝诚

（以上为编委）

《古代文史名著选译丛书》修订版
出版说明

　　呈献在读者面前的这套《古代文史名著选译丛书》是2011年的修订版。全书共134册,包括了中国从先秦至清末两三千年间的著名典籍。每部典籍都选其精粹(《论语》《老子》则全文收录),收录原文,加以简明的注释,力求准确地译为现代汉语,并于每一篇之前写有对该文的提示性说明。这是近一个世纪以来,规模最大、收录种类相对齐全、译注质量较高的一套普及传统文化的今译丛书。

　　这套丛书,原在1992年—1994年由巴蜀书社分三批出齐,印行过万套;不久,又由台湾的出版机构买去海外版权在台湾及海外发行,可见这套丛书当年在两岸受欢迎的程度。时隔17年,丛书编委会决定重新修订，改由江苏凤凰出版集团所属的凤凰出版社出版。

这套丛书是由教育部属下的全国高等院校古籍整理研究工作委员会（简称古委会）于1985年策划的。古委会组织了全国18所大学的古籍整理研究所的所长任编委会编委，由我们三人任主编，在全国范围内选请学有专长的学者承担各书的译注。从1986年—1992年，历时7年完成。当时，编委会制订了严明、可行的体例和细则，译注者按要求完成书稿。每部书稿完成后，都在全国范围内请编委会之外的专门研究这一学术领域的两位专家初审，合格后再请两位编委参照初审意见审改，然后退还原译注者改正。待原译注者改正后，再由编委会集中常务编委和部分编委、相关专家在一地将每部书稿从头至尾审改。这样的集中审稿会一般都在8—15天，7年中开了12次审改会。审改后，三位主编再集中在一起逐一审定，交付出版社。这一工作程序，使得这套丛书的译注质量有了一定的提高。所以，这套丛书，在一定程度上是个人与多人合作的结果。关于这套丛书的编纂始末，我们曾在1992年4月全书交稿后写有一篇文章，这次附在修订版书末，便于读者了解。

这次修订,是交由原译注者自己修改。少数译注者已去世,则书稿一仍其旧。个别译注者已联系不上,也保持原貌。

　　1992年—1994年出版时,书前有当时古委会主任周林先生写的序。周林先生是这一丛书的发起者。他已于1997年6月去世,至今已14年了。为了尊重历史,也为了纪念他,修订版仍用他的序。

　　我们三人在1985年—1992年主持这套丛书工作时,年龄大的是从51岁到58岁之间,年龄小的是从44岁到51岁之间,那时尚有精力组织、参与这一工作,今天我们都已年逾古稀。全书修订版出版之际,心情似乎比当年更惴惴不安地期待着读者的评头品足,期待着不要对读者贻误太多。

　　回想这套丛书,真应该感谢我们的祖先为我们留下了这样深厚、丰富的思想、文化遗产,使我们今天仍然受用无穷。应该感谢这套丛书的全体译注者、审阅者、编委和当年的出版者巴蜀书社、今天的出版者凤凰出版社,是他们的学识、辛勤与真诚使得这套丛书得以面世。

章培恒　马樟根　安平秋
2011年3月15日

序

《古代文史名著选译丛书》与广大读者见面了。这是丛书编委会的同志与众多专家学者通力协作、辛勤耕耘的结果。

中华民族在五千年漫长的岁月里,创造了光辉灿烂的文化,给人类留下了丰富的精神财富。"观今宜鉴古,无古不成今"。今天,以马克思主义的科学理论为指导,整理研究我国古代文化典籍,做到汲取精华,剔除糟粕,古为今用,推陈出新,使人们在正确认识民族历史的同时,得到爱国主义的教育,陶冶道德情操,提高全民族的文化素质,促进社会主义文化的繁荣,使文明古国的历史遗产得以发扬光大,这是我们每个炎黄子孙的责任。而要做到这样,对古籍进行整理与研究是重要的基础工程。但是,整理与研究古籍仅作标点、校勘、注释、辑佚还不够,还要有今译,使老年人、中年人、青年人都愿意去读,都能读懂,以便从中得到教益。

基于以上认识,全国高等院校古籍整理研究工作委员会于1986年5月组成了以章培恒、安平秋、马樟根三位同志为主编的《古代文史名著选译丛书》编委会,确定了以全国十八所大学的古籍整理研究所为主力承担这一看似轻易、实则艰巨的今译任务。在第一次编委会议上,拟定了《凡例》、《编写与审稿要求》、《文稿书写格式》和一百余种书目。以每一种书为十万至十五万字计算,这套丛书大约有一千余万字,应该说是一项大工程。经过一年的努力,完成了第一批三十六部书稿的译注任务。在各研究所的专家与所长把关的基础上,于1987年5月和7月,先后在复旦大学、北京大学召开了部分编委参加的审稿会,通过了二十五部书稿,作为《古代文史名著选译丛书》与广大读者见面的第一批作品。与此同时,在1987年7月6日,邀请了在京的十几位专家教授与编委会十几位编委一起座谈这套丛书与古籍今译的问题。专家们肯定了今译工作的必要性与深远意义,并以他们数十年的教学科研和创作的经验,说明今译是一项难度很大的工作,是培养人才,使之打下坚实基本功的一种有效方法;专家们还对《古代文史名著选译丛书》提出了宝贵的建议,这对当时的审稿工作和保证《丛书》的质量起了很好的作用。

  实践证明,古籍的今注不易,今译更难。没有对作品的深入、透彻的研究,没有准确、通俗、生动的语言表达能力,要想做好今译是不可能的。两年多来,全国高等院校古籍整理研究工作委员会在探索古籍的今注、今译的道路上,做了一些工作。这部丛书的出版,是系统今译的开始,说明古籍整理研究工作有了新的进展。更可喜的是,一批中青年学者参加了今注今译工作,为古籍整理增添了新生力量,相信他们会在实践中,在学习中,成长成熟。我希望,这套丛书的编委会和高校各古籍整理研究所要敞开大门,加强同国内外专家学者的联系,征求他们和广大读者的意见,并向有真才实学而又适宜做今译工作的专家学者约稿,以提高古籍译注的水平,使《古代文史名著选译丛书》的第二批、第三批作品的质量更上一层楼。

这是一套以文史为主的大型的古籍名著今译丛书。考虑到普及的需要,考虑到读者对象,就每一种名著而言,除个别是全译外,绝大多数是选译,即对从该名著中精选出来的部分予以译注,译文力求准确、通畅,为广大读者打通文字关,以求能读懂报纸的人都能读懂它。我希望这套丛书能成为中小学教师的语文、历史教学的参考书,成为大专院校学生的课外读物,成为广大文史爱好者的良师益友。由于系统的古籍今译工作还刚刚起步,这套丛书定会有不少缺点、错误,也诚恳地希望读者批评指正。

巴蜀书社要我为这套丛书写序,我欣然接受了。我相信这套丛书不仅会使八十年代的人们受益,还将使子孙后代受益,它将对祖国的繁荣昌盛起到点滴的作用。最后借此机会向曾给予我们支持、帮助的专家学者和巴蜀书社的同志表示衷心的感谢!并殷切地希望台湾同胞、港澳同胞、海外侨胞和我们一同做好祖先留给我们的文化遗产的整理工作,为中华民族灿烂的文化再放异彩而努力!

周　林

1987年10月于北京

目 录

前言 …………………………………………… 001
日出入 ………………………………………… 001
天马 …………………………………………… 004
战城南 ………………………………………… 008
巫山高 ………………………………………… 012
有所思 ………………………………………… 014
上邪 …………………………………………… 017
箜篌引〔公无渡河〕 ………………………… 019
江南 …………………………………………… 021
薤露 …………………………………………… 023
蒿里 …………………………………………… 025
鸡鸣 …………………………………………… 027
平陵东 ………………………………………… 032

陌上桑	035
长歌行二首	041
猛虎行	046
相逢行	048
东门行	052
妇病行	055
孤儿行	059
饮马长城窟行	065
艳歌何尝行	068
白头吟	072
梁甫吟	075
怨歌行	078
伤歌行	081
悲歌	084
上山采蘼芜	086
焦仲卿妻并序	089
枯鱼过河泣	117
十五从军征	119
陇头歌辞二首	122
桓灵时童谣	125
刺巴郡郡守诗	128
垓下歌　项羽	131

大风歌　刘　邦 …………………………………… 133

安世房中歌　唐山夫人 ……………………………… 135

春歌　戚夫人 ………………………………………… 137

悲愁歌　刘细君 ……………………………………… 139

别歌　李　陵 ………………………………………… 141

李夫人歌　李延年 …………………………………… 143

武溪深行　马　援 …………………………………… 145

五噫歌　梁　鸿 ……………………………………… 147

咏史诗　班　固 ……………………………………… 149

怨篇并序　张　衡 …………………………………… 153

四愁诗并序　张　衡 ………………………………… 156

赠妇诗　秦　嘉 ……………………………………… 163

疾邪诗　赵　壹 ……………………………………… 166

见志诗　郦　炎 ……………………………………… 170

羽林郎　辛延年 ……………………………………… 174

董娇饶　宋子侯 ……………………………………… 179

悲愤诗　蔡　琰 ……………………………………… 183

古诗十九首

行行重行行 …………………………………………… 193

青青河畔草 …………………………………………… 196

青青陵上柏 …………………………………………… 199

今日良宴会 …………………………………………… 202

西北有高楼 …………………………………… 205

涉江采芙蓉 …………………………………… 208

明月皎夜光 …………………………………… 210

冉冉孤生竹 …………………………………… 213

庭中有奇树 …………………………………… 216

迢迢牵牛星 …………………………………… 218

回车驾言迈 …………………………………… 221

东城高且长 …………………………………… 223

驱车上东门 …………………………………… 226

去者日以疏 …………………………………… 229

生年不满百 …………………………………… 231

凛凛岁云暮 …………………………………… 234

孟冬寒气至 …………………………………… 238

客从远方来 …………………………………… 241

明月何皎皎 …………………………………… 244

编纂始末 …………………………………… 001

丛书总目 …………………………………… 001

前　言

《诗经》、《楚辞》之后，汉代诗歌流传至今的仍颇为可观①。从其体制上看，则主要有汉乐府诗和不入乐府的五七言诗两类。

"乐府"原是一种音乐机构的名称。魏晋以后，乐府才从一个音乐机构的名称转变为一种诗体的名称。狭义的乐府仅指汉以来入乐的诗，包括文人制作和采自民间的诗。广义的乐府则包括那些并未入乐而是袭用乐府旧题或摹仿乐府体裁的作品。

乐府之名，秦与汉初早已存在。班固《汉书·百

---

① 逯钦立的《先秦汉魏晋南北朝诗》辑有汉诗篇目约六百三十首左右，作者近六十人。

官公卿表》说:"奉常,秦官,掌宗庙礼仪,有丞。……属官有太乐……。"又说:"少府,秦官,掌山海池泽之税,以给供养,有六丞。属官有尚书……乐府……。"唐杜佑《通典·职官七》也说:"秦、汉奉常属官,有太乐令丞。又少府属官,并有乐府令丞。"因此,秦时已设有"乐府"。1977年秦始皇陵附近出土了一组秦代编钟,在一只错金甬钟上铸有秦篆"乐府"二字,证实了秦有乐府的事实。此外,贾谊《新书·匈奴》有"使乐府幸假之"、《史记·乐书》有"于乐府习常肄旧而已"、《汉书·礼乐志》有"使乐府令夏侯宽备具箫管"等有关汉初乐府活动的记载。但汉初的乐府机构较小,活动亦少;这种情况,历经汉惠、汉文、汉景帝三代也无多大变化。只是到了汉武帝时代,乐府的规模始有扩大。班固《两都赋序》说:"至于武、宣之世,乃崇礼官,考文章。内设金马石渠之署,外兴乐府协律之事。"《汉书·礼乐志》说:"至武帝定郊祀之礼,……乃立乐府,采诗夜诵,有赵、代、秦、楚之讴。以李延年为协律都尉,多举司马相如等数十人,造为诗赋,略论律吕,以合八音之调,作十九章之歌。"《汉书·艺文志》也说:"自孝武立乐府而采歌谣,于是有赵、代之讴,秦、楚之风,皆感于哀乐,缘事而发,亦可以观风俗,知厚薄云。"这些材料充分说明,汉武帝为了制礼作乐,行乐教,观风俗,不仅扩大了乐府的编制(由乐府设令、丞各一人而为"乐府三丞"),而且也扩大了乐府的职能,使之制定乐谱,训练乐工,采集歌谣,造赋作诗。汉武帝时乐府的一大功绩便是采诗。据《汉书·艺文志》载,乐府采集的歌谣计有吴、楚、汝南歌诗十五篇;燕、代讴,雁门、云中、陇西歌诗九篇;邯郸、河间歌诗四篇;齐、郑歌诗四篇;淮南歌诗四篇;左冯翊秦歌诗三篇;京兆尹秦歌诗五篇;河东、蒲反歌诗一篇;洛阳歌诗四篇;河南周歌诗七篇;河南周歌声曲折(王先谦《汉书补注》:"声曲折"即歌声之谱,唐曰乐句,今曰板眼)七篇;周谣歌诗七十五篇;周谣歌诗声曲折七十五篇;周歌诗二篇;南郡歌诗五篇等。全部歌诗概计二百一十篇。就地区言,遍及黄河、长江流域,包括河北、河南、山西、山东、陕西、甘肃、湖南、湖北、江西、安徽、江苏、浙江等省,较之《诗经》中十五国风的地区已有很大扩展。但西汉所采歌诗谣辞,保存至今的仅四十篇左右而已。东汉时掌管音乐的官署,史书缺载。《后汉书·明帝纪》曾载:"永平三年,秋,八月戊辰,改大乐为大予乐。"注引《汉官仪》"大予乐令一人,秩六百石"。提供了东汉乐府的一些信息。又汉光武帝刘秀和汉和帝刘肇年代,史书载有东汉王朝曾遣使到各地"观纳风谣"(《后汉书·循吏传序》)、"观采风谣"(《后汉书·李郃传》)的事;而现存乐府歌谣又大部分产生于东汉,可见东汉时代虽无乐府活动的确切记载,而采集歌谣却仍在进行。

汉乐府诗大约可分两大类。第一大类是"赵、代之讴,秦、楚之风"。汉代的民歌在未采入乐府配乐之前,大都是徒歌(未被合乐的诗歌),收入乐府后才有种种不同的乐调名称。《汉书·艺文志》所载乐府诗歌,并无音调上的分类,只有地域上的差别。《宋书·乐志》才开始把民歌从音乐性质上加以分类。后至宋代郭茂倩《乐府诗集》共分乐府为十二类。即:一,郊庙歌辞;二,燕射歌辞;三,鼓吹曲辞;四,横吹曲辞;五,舞曲歌辞;六,琴曲歌辞;七,相和歌辞;八,清商曲辞;九,杂曲歌辞;十,近代曲辞;十一,杂歌谣辞;十二,新乐府辞。《乐府诗集》的分类较为完备,但它并不能反映汉乐府的实际情况。琴曲是后人伪作。新乐府是唐代文人之作。近代曲辞与杂歌谣辞实际上就是杂曲歌辞。而现存汉乐府诗的燕射歌、横吹曲二类已全部亡佚。郊庙歌、舞曲、鼓吹曲的汉乐府古辞，又大都是统治集团的作品，仅有少数采用民歌。相和歌、杂曲歌则都是采自民间的作品。因此，真正属于汉乐府民歌的只有相和歌、杂曲歌和少量鼓吹曲。汉乐府诗的第二大类是司马相如等文人的作品，他们大都通晓音律。如汉初唐山夫人的《安世房中歌》十七章，武帝时协律都尉李延年所造的《横吹新声》二十八解，司马相如等写的《郊祀歌》十九章，《铙歌十八曲》中也有一部分是出自文人的手笔。这类诗歌，多宣功颂德之作，但也有一些是较好的作品。如《郊祀歌》中的《天马》、《日出入》、《练时日》等篇。同时，《郊祀歌》、《安世房中歌》中有几篇是《诗》、《骚》所未有的三言新体诗，为汉代诗歌中值得注意的现象。此外，在文人乐府诗中尚有一批受了民间乐府的影响而创作的作品，如东汉梁鸿的《五噫歌》，辛延年的《羽林郎》，宋子侯的《董娇饶》等，思想性、艺术性均有相当特色，开了建安文人写作乐府诗的先声。

　　汉代正处在我国封建社会的初步发展阶段。一方面，这时的社会生产关系与生产力还比较适应，整个社会呈现出向上发展的趋势；另一方面，地主阶级还是一个刚刚登上政治舞台而有所作为的阶级。因此，汉代人有一些突出的精神风貌。从《史记》、《汉书》、《后汉书》等典籍记录汉代人生活的大量史料来看，汉代人大都能歌善舞，常常把他们的喜、怒、哀、乐感情随时形诸歌舞。汉代人又往往尚气进取，追求建功立业。这在汉代各个阶级、阶层中，上自王侯将相，下至士人平民，都有不同程度的表现。而汉代诗歌也就在这种风气中孕育并形成。汉诗无论在神话、历史、现实这三大题材中，无一不深深受到这种精神风貌的影响。其中最有价值的汉乐府民歌，唱出了人民群众的心声，暴露了社会的各种矛盾和斗争，成为汉代社会生活的一面明镜。《战城南》、《十五从军征》等控诉了战争的罪行；《孤儿行》等反映了封建社会的家庭压迫；《东门行》、《平陵东》、《妇病行》、《上留田》等揭示了贫苦人民受饥饿受压迫以至起而抗争的事实；《上邪》、《有所思》、《上山采蘼芜》、《白头吟》、《陌上桑》等反映了爱情、家庭、妇女等社会问题。它们或于四野，或于城市，或于家庭，或于道路，或于战场，或男子，或女子，或孤儿，或役人，或商贾，或市民，都表现了民歌作者各具特点的思想、情绪、行动、愿望和命运，因而从各个不同的社会角度反映了两汉广大人民群众的生活,呈现出一幅幅两汉现实的严峻画图。这些民歌在创作上显然是继承并发展了《诗经》"国风"所开创的现实主义优秀传统。

   汉乐府诗在艺术形式上也是特色鲜明、多姿多采的。汉乐府诗艺术形式的第一个特点是它的叙事性强。明徐祯卿《谈艺录》云:"乐府往往叙事,故与《诗》殊。"《诗经》时代,"十五国风"几乎全是抒情诗;屈原的作品,虽有叙事成分,但也是抒情诗的体制。只有到了汉乐府诗,才以大量的叙事诗出现在中国诗坛上。而且,汉乐府的叙事性,只是撷取某些足以突出表现社会矛盾的侧面加以表达,内容较为浓缩集中;塑造人物又多对话(《战城南》用人、鸟对话;《陌上桑》有三次对话;《焦仲卿妻》用了三十次对话),一般不作有头有尾的全面叙述。这在《东门行》《孤儿行》《上山采蘼芜》《陌上桑》等诗中有明显的反映。第二,汉乐府诗语言朴素生动,精炼明快。明胡应麟《诗薮》曾称汉乐府诗"质而不俚,浅而能深,近而能远,天下至文,靡以过之"。又说它"矢口成言,绝无文饰,故浑朴真至,独擅古今"。同时,汉乐府诗句式灵活多变,突破了《诗经》四言的樊篱。它或两言、三言、四言,或五言、六言、七言,参差错落,不拘定格。《上邪》三十五字中,两言一句,三言两句,四言一句,五言两句,六言一句,七言一句,均能随内容、感情变化脱口而出,一任语言的自然流行而不作机械的排列。汉乐府诗的这些艺术特点,表明中国诗歌自《诗经》以来在艺术形式上有了长足的进步。汉乐府诗在中国诗歌史上所发展了的现实主义优秀传统,一直启迪、培育、引导着后代无数诗人后浪接前浪地走向现实主义道路。建安时代的曹操父子和"建安七子"等,在汉乐府现实主义精神影响下,写下了诸如《蒿里行》、《却东西门行》、《野田黄雀行》、《秦女休行》等许多真实反映那个时期社会动乱面貌的优秀诗篇。南朝的鲍照更是一位深受汉乐府影响而成就卓著的杰出诗人。唐代开元、天宝以后,中国诗坛上出现了伟大的李白、杜甫等诗人。李白最善于运用乐府诗生动活泼的艺术形式,写出了诸如《蜀道难》、《梁甫吟》、《战城南》、《将进酒》等脍炙人口的名篇。杜甫继承发扬了汉乐府、建安乐府的现实主义精神,写出了《兵车行》、《丽人行》、《哀江头》、《三吏》、《三别》等全用新题、"即事名篇,无复依傍"的诗篇。元结、顾况、王建、张籍、李绅等诗人,继又加入这一行列。待至白居易、元稹一出，更是大张旗鼓标出"新乐府"之名，提出"为时而著"、"为事而作"的新乐府主张，使新乐府运动达到高潮。后来唐末参加黄巢农民起义的诗人皮日休写了不少"正乐府"，唐代现实主义诗歌的大潮至此才告一段落。宋、元、明、清时期，汉乐府仍在发挥着它的典范作用。清初著名诗人吴嘉纪的《盐场歌》、《邻翁行》、《粮船妇》等，赵执信的《氓入城行》等，都是一些现实性极强的新乐府诗。旧民主主义革命时代的代表人物黄遵宪在创作新型诗体的同时，曾提出"取《离骚》、乐府之神理而不袭其貌"的主张，写出了《山歌》、《哀旅顺》等著名诗篇。这是汉乐府诗优秀传统的余辉远霭。汉乐府诗无疑在中国文学史和中国诗歌史上占有不可磨灭的崇高地位。

汉代诗歌的另一重要的组成部分是五、七言诗。西汉的文人诗歌比较寂寞。一般只是承袭和模拟前代的《诗经》、《楚辞》的形式进行创作。如高祖唐山夫人的《房中歌》云："大孝备矣，休德昭清。高张四县，乐充宫庭。芬树羽林，云景杳冥。金支秀华，庶旄翠旌。"又韦孟的《讽谏诗》云："肃肃我祖，国自豕韦。黼衣朱黻，四牡龙旗。彤弓斯征，抚宁遐荒。总齐群邦，以翼大商……"诗的内容都比较狭隘、贫乏，形式则多因袭《诗经》的"雅"、"颂"；至于骚体诗，例如汉武帝的《李夫人歌》，汉昭帝的《淋池歌》(《拾遗记》)等，也很少积极的内容和新颖的形式。因此，无论是四言和骚体诗，都呈现出衰竭、冷落的征兆。钟嵘《诗品序》云："四言文约意广，取效'风'、'骚'，便可多得。每苦文繁而意少，故世罕习焉。"相当深刻地点明了汉代四言和骚体诗不能发展的原因。正当汉代四言诗和骚体诗走向衰落之时，民间却兴起和流行着五言诗的创作，一时就像生机勃然的清新春风，复苏了汉代的诗坛。较早的武帝刘彻时的《紫宫谚》云"一雌复一雄，双飞入紫宫"(《汉书·五行志》)；西汉《长安城中谣》云"城中好高髻，四方高一尺；城中好大眉，四方且半额；城中好广袖，四方全匹帛"(《后汉书·马廖传》)；又如《汉成帝时民歌》"安所求子死？桓东少年场；生时谅不谨，枯骨后何葬"(《汉书·酷吏传·尹赏传》)；成帝歌谣"邪径败良田，馋口乱善人；桂树华不实，黄爵巢其颠；故为人所羡，今为人所怜"(《汉书·五行志》)等等。这些新颖的五言诗歌一当盛行，便显示了它们的生命力，立即引起文人作家的关注，因而竞相仿作，终使五言诗得到蓬勃发展的机会。五言诗之所以有强大的生命力，在于它比四言或骚体（基本上是六言）多了一个音节，形式上自由活泼，音律上灵活多变；有了回旋的余地，多了周转的方便，使诗的表现力大大增强。因此钟嵘说："五言居文词之要，是众作之有滋味者也，故云'会于流俗'，岂不以指事造形，穷情写物，最为详切者耶！"最早的文人五言诗是班固的《咏史》诗。班固是东汉著名的辞赋家，又是著名的史学家，但他最初写的五言诗却"质木无文"（钟嵘《诗品》），可见文人五言诗在草创时期，即像班固这样的大文学家，也还不能摆脱幼稚的气息。但以班固为起点，风气所开，这一新的五言诗形式，便在文人创作中广泛运用，逐渐趋向成熟。接着张衡创作的《同声歌》，秦嘉的《赠妇诗》，赵壹的《疾邪诗》，郦炎的《见志》，孔融的《杂诗》，繁钦的《定情诗》，蔡文姬的《悲愤诗》等等，都是已经比较有艺术性的五言诗。钟嵘《诗品》曾评秦嘉的诗"文亦凄怨"。沈德潜《古诗源》评它为"词气和易，感人自深。然去西汉浑厚之风远矣"。刘勰则评张衡的诗"雅有新声"（《文心雕龙·明诗》）。以秦诗的"凄怨"、"感人"和张诗的"新声"言,都说明文人五言诗已具有一定的艺术水准。与此同时,更出现了无名氏的杰作《古诗十九首》。《古诗十九首》是文人五言诗的奠基之作,也是汉代五言乐府辉煌成就的总结。在此基础上,才进一步而有汉末魏初很多个人创作、专业作家的出现。所以,西汉是五言诗的萌芽期,班固、张衡时代是五言诗的草创期,建安前后是五言诗的成熟期。那种认为《诗经》时代已有五言诗之说、战国时代已有五言诗之说(俱见刘勰《文心雕龙·明诗》)、秦代已有五言诗之说(《水经注》引杨泉《物理论》)、西汉已有五言诗之说(据《汉书·外戚吕后传》),或五言诗肇于李陵、枚乘之说(钟嵘《诗品》、萧统《文选》),恐怕都是一些并不符合历史发展客观事实的说法。

《古诗十九首》是汉代无名文人创作的一批抒情短诗。钟嵘看到而评录的已有四、五十首之多。萧统编选《文选》时,仅只选录了十九首,《古诗十九首》之名便由此而生。关于《古诗十九首》的作者和时代,有主张是西汉时代的(萧统《文选》列《古诗十九首》于李陵诗前,徐陵《玉台新咏》、刘勰《文心雕龙》均以为枚乘作),有主张东汉时代的(刘勰《文心雕龙》、钟嵘《诗品》、明王世贞《艺苑卮言》),有主张兼有西汉诗人作品在内的（李善《文选》注），有主张是萧梁时代的（清朱彝尊《玉台新咏》跋）。四说之中，第一、第四种说法显系误说。《古诗十九首》并非一人之辞，一时之作，大都是东汉末年桓帝、灵帝时代中下层知识分子的作品。这只要从诗中所用典故、成语以及诗中人物的思想感情和身份看，便可推知它的作者大都应是离乡背井出外宦游或游学的知识分子。清沈德潜《说诗晬语》云："《古诗十九首》，不必一人之辞，一时之作。大率逐臣弃妻，朋友阔绝，游子他乡，死生新故之感。或寓言，或显言，或反复言。初无奇辟之思，惊险之句；而西京古诗，皆在其下，是为'国风'之遗。"确实道出了《古诗十九首》的要点。《古诗十九首》这一组诗，寻其内容，或嗟老伤卑，或不甘贫贱，或叹知音难遇，或伤世情阴冷，或写客居凄凉，或述相思情苦，概括起来，大都是游子思妇之辞与伤世失意之作。前者如《迢迢牵牛星》、《行行重行行》、《涉江采芙蓉》、《冉冉孤生竹》、《庭中有奇树》、《凛凛岁云暮》、《客从远方来》等，均以多变崭新的手法，丰富生动的形象，真朴自然的语言，完美地写出了思妇、游子复杂深刻的思想感情。另一类反映伤时失志之作的则有《明月皎夜光》《回车驾言迈》《今日良宴会》《驱车上东门》《青青陵上柏》等,抒写了中下层知识分子那种抑郁不遇、失意落拓的牢骚与不满,痛苦与不幸,隐约透露出当时燕巢危幕、盛极转衰的动乱时代的影子。但这些作品同时也表现了一些人生无常、及时行乐、追求名利、服食求仙的消极悲观思想,削弱了这些作品的思想意义。《古诗十九首》标志着文人五言诗已臻成熟,具有较高的艺术性。它以短小的篇幅、高度概括的艺术手段,把人生中某些动人的感觉和经验集中起来,并以鲜明的形象真实地反映出诗人丰富的内心世界和心理活动。同时,《古诗十九首》的语言自然流畅,更是公认的事实。因此《古诗十九首》博得了诸如"惊心动魄,一字千金"(钟嵘《诗品》)、"真可以泣鬼神、动天地"(胡应麟《诗薮》),或者"深衷浅貌,短语长情"(明陆时雍《古诗镜》)等极高的赞语。

在汉代诗歌中,还有一组相传为苏武、李陵的赠答诗共七首,实际上只是托名苏、李的伪作。从它们的内容与风格看,所谓的苏、李诗应与《古诗十九首》属同一时期,是汉末佚名文人的五言诗。它同《古诗十九首》一样,同是无名氏文人五言诗中的佳作。至于七言诗，它的成立要比五言诗稍晚。它同五言诗一样，也起源于民间；就文人之作而言，张衡的《四愁诗》已开其端，至曹丕的《燕歌行》始告定型。但汉魏期间，只是七言诗的酝酿期，实践期，它的真正成熟，则在南北朝时代。

《诗经》富于现实主义，《楚辞》富于浪漫主义。汉诗却以"悲音"为美。汉乐府诗和文人五言诗都有悲壮慷慨、高亢苍凉、清峻明切的倾向。枚乘《七发》中唯一的一首骚体诗《麦秀歌》，被称之为"此亦天下之至悲也"，认为是歌诗的极至。王褒《洞箫赋》云："故知音者乐而悲之，不知者怪而伟之。"所倡的即是乐歌以生悲为上品，赏乐以能悲为知音。王充《论衡·自纪篇》所说的"美色不同面，皆佳于目；悲音不同声，皆乐于耳。"《超奇篇》所说的"文音者皆欲为悲"，也以"美色"与"悲音"同为美感的最高境界。《后汉书·周举传》、应劭《风俗通》还分别记述了东汉将相豪门宴饮和京师盛宴时都以唱演"挽歌"《薤露》、《蒿里》为乐的事。因此，两汉风尚如此，诗歌也多悲歌哀曲。这只要读一读宏制巨构的《焦仲卿妻》、《悲愤诗》等，短诗小篇的《上邪》、《公无渡河》、《悲歌》、《蒿里》、《怨歌行》、《梁甫吟》等等，无不有一种凄怨壮烈、勃郁盘曲之感。汉诗不同于《诗》、《骚》的特质是明显的。

《汉诗选译》即从汉乐府诗、五七言诗中挑选出数十首较有代表性的优秀诗篇进行译注。译文尽可能采用直译的方式,以便与原文对照。在此基础上,也为译出原诗的特色与意味作了一定的努力。选篇的编排次序,大抵先乐府诗,后文人诗。乐府诗原作均据宋郭茂倩《乐府诗集》(《四部丛刊》本);排列次序,亦基本上依照《乐府诗集》的体制。五七言诗之见于《文选》、《玉台新咏》等书者,均据通行本。因为本书是普及读本,所以诸本异文不作专门考校,只是择善而从。在选译过程中,曾参酌了学术界有关汉诗的著述与研究成果,对此,笔者表示衷心的感谢。清代费锡璜曾说"诗唯汉诗最难学、最难读"(《汉诗总说》),学汉诗、读汉诗尚且如此艰难,译汉诗则更是难事了。笔者才力拘短,闻见浅陋,错失与疏漏在所不免,竭诚希望得到专家学者和广大读者的匡谬与教正。

张永鑫(江南大学人文学院)
刘桂秋(江南大学人文学院)

日 出 入

　　本篇选自《汉书·礼乐志》。郭茂倩《乐府诗集》属《郊庙歌辞》。汉武帝时始定郊祀之礼，郊庙祭歌也以武帝时代为最盛。司马相如等曾作《郊祀歌》十九章，以供庙堂祭祀之用。汉代统治者祭祀最尊贵的天神是太一，天地次之，日月又次之。这首《日出入》正是在祀太一神、天地神之后，祀礼日神之歌。全诗通过"代言体"歌颂日神无穷的生命，并描述了他那顺乎自然、豁达乐观的心胸。

日出入安穷①？时世不与人同②。故春非我春,夏非我夏,秋非我秋,冬非我冬。泊如四海之池③,遍观是邪谓何④？吾知所乐,独乐六龙⑤。六龙之调⑥,使我心若⑦。訾黄其何不徕下⑧。

【翻译】

太阳升降怎有终？

自然的变化不与人事同。

春生春种非我控,

夏长夏壮非我荣,

秋实秋落非我功,

冬收冬藏非我奉。

四海浩大水茫茫,

---

① 安:何。穷:尽、终。 ② 时世:指自然界的时序变化,与社会人事的变化相对。这句意思是说,自然界的时序变化纯出天然,与人事之出于人为者不同,所以下面接言春夏秋冬实与"我"太阳无关。 ③ 泊如:水貌。池:此指水域,即上所说"四海"。 ④ 是:此。邪:语助词。谓何:还说什么呢! ⑤ 六龙:传说六龙驾日车,巡行天下。日出、日入,即六龙驾日巡天,世间即为昼夜。 ⑥ 调:协调。 ⑦ 若:顺。见《诗经·小雅·大田》郑玄笺。心若:顺心。 ⑧ 訾黄:传说中马名。一名"乘黄"、"腾黄"、"翠黄",龙翼马身。徕:同"来"。下:因是祭祀降神,所以盼望日神下到人间。

看遍天下无不同。
自然之理无话说，
天道不与人事同。
我只知，什么事儿最开心，
就是驾驭六龙游太空。
它们步调一致走得欢，
使我称心乐无穷。
龙马只在天上走，
何不来到人寰中？

日出入

天　马

本篇见于《汉书·礼乐志》。郭茂倩《乐府诗集》列入《郊庙歌辞》。在《日出入》一诗之后。《天马》歌因何而作,说法纷纭。《汉书·武帝纪》载:"元鼎四年(前113)秋,马生渥洼水中,作《天马》之歌。"又说:"太初四年(前101)春,贰师将军(李)广利斩大宛王首,获汗血马来,作《西极天马之歌》。"《西域传》说,汗血马是天马之子。应劭注:"大宛有天马种,蹄踏石汗血。踏石者,谓踏石而有迹,言其蹄坚利。汗血者,谓汗从前髆出,如血。号一日千里也。"《张骞传》说:"初,天子……得乌孙马好,名曰'天马'。及得宛汗血马,益壮,更名乌孙马曰西极马,宛马曰天马。"又《史记·乐书》称武帝伐大宛,得千里马,名蒲梢。作歌曰:"天马来兮从西极,经万里兮归有德。承灵威兮降外国,涉流沙兮四夷服。"可与此诗相参。《天马》诗共二首,这里选录其二。它不仅写出了汉人心目中腾飞猛进的天马形象,同时也反映了汉帝国国力的增强,与外族人民有所交往。

天马徕①,从西极②,涉流沙③,九夷服④。

天马徕,出泉水⑤,虎脊两⑥,化若鬼⑦。天马徕,历无草⑧,径千里⑨,循东道⑩。

天马徕,执徐时⑪,将摇举⑫,谁与期⑬。天马徕,开

---

① 徕:同"来"。 ② 西极:西方极远处。 ③ 涉:历、经。流沙:沙漠。沙常因风流动转移如水流,故称。 ④ 九:众。夷:外族。 ⑤ 泉水:指渥洼,水名。在今甘肃安西,为党河支流,是传说中神马产生之地。 ⑥ 虎脊两:马毛如两条虎脊纹。 ⑦ 鬼:借为"騩(guī归)",一种浅毛黑色的骏马。化若騩:是说天马的毛色变化如骓马、騩马。 ⑧ 无草:指沙石咸卤、寸草不生之地。 ⑨ 径:行。 ⑩ 循:沿、从。 ⑪ 执徐:星岁纪年法中太岁在辰之称,时当汉武帝太初四年(前101)。 ⑫ 摇举:同"遥举",指天马奋力遥奔。一说"摇"即"扶摇"(俗称龙卷风),指神马疾行如暴风。 ⑬ 期:待、相偕。

远门①,竦予身②,逝昆仑③。天马徕,龙之媒④,游阊阖⑤,观玉台⑥。

【翻译】

　　天马行空疾如飞,
　　正从西方边远来。
　　飞越沙漠卷黄埃,
　　外族和顺得宝来。

　　天马行空快如飞,
　　正从西方渥水来。
　　背有虎文泛光彩,
　　电掣奔星如乌骓。

　　天马行空快如飞,
　　咸卤沙石一步迈。
　　飞行千里穿云霭,
　　顺着东道得得来。

---

　　① 远门:远道上的关山重门。　② 竦:同"耸",立。
③ 逝:往、迈。　④ 龙之媒:天马与龙为同类。千里马称龙马,
或千里马八尺以上称龙马。媒:媒介。　⑤ 阊阖:天门。
⑥ 玉台:天帝所居之处。

天马行空快如飞，
太初四年从西来。
腾身遥举气慷慨，
一往无前谁与偕？

天马行空远方来，
关塞重门层层开。
耸身甩尾蹀云海，
越过插天昆仑崖。

天马行空西方来，
龙为同类龙必来。
如龙升游天门界，
再上天庭观玉台。

战 城 南

本篇为汉乐府《铙歌》十八曲之一,宋郭茂倩《乐府诗集》列入《鼓吹曲辞》(军乐)。它以篇中首句为题。铙,形似铃而无舌,古代军中士卒之长持之以司进退迟速。它常以短箫相和,故又称短箫铙歌。汉铙歌共十八曲,均是汉武帝时代的作品。当时汉王朝接连向东南、西南、东北、西北发动战争。朱买臣、严助用兵东瓯、两越,江淮地区被骚扰劫掠;司马相如、唐蒙开发西南夷,开山凿道几千里,巴蜀人民穷于应付;彭吴征朝鲜,河北、山东尽被征发;王恢攻马邑,招致匈奴骚袭边境。真是兵连祸结,士卒死伤,田土荒芜。因之,反对战争便成为当时人民的共同愿望。《战城南》就是一首真实记录人民反对统治阶级穷兵黩武、悼念阵亡士卒的诗歌。全诗多以景写情，无论开端展示的尸骸狼藉、乌鸦争啄的战争画面，以及构思奇特的人、乌对话场面，还是水激苇冥的可怖景色，都能以景寓情，收到深刻表现主题的良好效果。后代陈琳的《饮马长城窟行》、李白的《战城南》、杜甫的《兵车行》等，在选题与寓意上都受到此诗的启迪与影响。

战城南，死郭北①，野死不葬乌可食②。为我谓乌③："且为客豪④！野死谅不葬⑤，腐肉安能去子逃⑥！"
水深激激⑦，蒲苇冥冥⑧，枭骑战斗死⑨，驽马徘徊鸣⑩。

---

① 郭：外城。二句互文见义。 ② 乌：乌鸦。可：犹恰，正好。 ③ 我：诗人自称。 ④ 客：指死者。豪：读为"号"；字一作"嚎"，号哭。 ⑤ 谅：必。 ⑥ 安能：怎么能。子：你，你们，指乌。 ⑦ 激激：清澈。 ⑧ 冥冥：幽暗。 ⑨ 枭（xiāo 销）骑：善战的骏马。与下句"驽马"均以马喻人。枭：通"骁"，勇猛。 ⑩ 驽马：拙笨的马。

梁筑室①,何以南,何以北②!

禾黍不获君何食③? 愿为忠臣安可得。

思子良臣④,良臣诚可思:朝行出攻,暮不夜归⑤。

【翻译】

城南城北战事急,

城北城南尸狼藉。

战死荒野难埋葬,

饥鸦饿乌正争食!

为我对群乌诉说:

"且为死者号哭招魂魄,

尸抛荒野一定不得埋葬,

烂尸朽骨怎能逃过你吞啄!"

深深的水明澈清泠,

---

① 梁:旧注桥。筑室:旧注工事。疑均非。梁筑室:疑"梁"字前脱漏"乘"或"登"或"架"字。《诗经》中有"乘垣(爬上城墙)"、"乘屋(爬上屋顶)";《左传》有"登轵",此句实为"乘(登、架)梁筑室",意为上梁造屋或架梁盖房。译文从此。 ② 何以:为什么。 ③ 禾黍:泛指种植的谷物。 ④ 子:你或你们,指士卒。 ⑤ 暮不夜归:疑为"暮夜不归"。

丛丛蒲苇幽暗不明。
英勇的骑士激战牺牲，
只剩下劣马徘徊悲鸣！

常常期待着上梁造新房，
却为何南征北战多奔忙？
颗粒不收，用什么进献君王？
想做忠臣哪能实现愿望！

想念你们呵，我们的英才！
你们实在让人永久萦怀：
清早结队出征，
夜晚不见归来！

巫 山 高

本篇亦为汉乐府《铙歌》十八曲之一。宋郭茂倩《乐府诗集》引《乐府解题》说:"古词言,江淮水深,无梁可度,临水远望,思归而已。"这是一首游子思乡、欲归不得的怀人诗。全诗托"巫山高"、"淮水深"而抒发其不得归家的痛苦之情。

巫山高①,高以大②。淮水深③,深以逝④。我欲东

---

① 巫山:山名,在重庆巫山东南。因山形如"巫"而得名。此以山兴下文水,故下文只说水。 ② 以:且。 ③ 淮水:原为古四渎之一,即今淮河。源出河南桐柏山,东经安徽、江苏入洪泽湖,合运河入长江入海。 ④ 逝:速。深:一作"难"。

归,害[梁]不为①?

我集无高曳②,水何[梁]汤汤回回③。临水远望,泣下沾衣。远道之人心思归,谓之何④!

【翻译】

巫山高高云缥缈,
巫山高峻又广袤。
淮水深深波淼淼,
淮水深险卷急涛。
心逐奔流想东归,
既欲东归何不回?

"我留岸边无船载,
水势汹汹又迂回!"
临水远望家何在?
难见家乡衣沾泪。
漂泊之人心思归,
默默无言寸心碎!

① 害(hè 鹤):何。梁:表声字,下同。害不为:言既要东归,为何又不东归? ② 集:止、滞留。高曳:应为"篙栧"(gāo yì 羔意),船篙和船桨。 ③ 汤汤(shāng shāng 伤伤):水势盛大奔涌的样子。回回:水势回旋的样子。 ④ 谓之何:还说它干什么!

有　所　思

　　本篇亦为汉乐府《铙歌》十八曲之一,是一首民间的情诗。诗中的女主人公始则准备给在远方的情人寄赠着意修饰的玳瑁簪,体现了她对所爱之人的深情;继而听到情人变心的传闻后又毁簪、焚簪,这也还是由于爱之深,所以怨之切;再忆及当初两人定情相会的情景,则又犹豫难决,只好等待天亮再作决定。作品真切而生动地描述了女主人公在爱情遭到波折前后的心理活动。

有所思,乃在大海南。何用问遗君①?双珠玳瑁簪②,用玉绍缭之③。

闻君有他心,拉杂摧烧之④。摧烧之,当风扬其灰。从今以往,勿复相思!相思与君绝!鸡鸣狗吠,兄嫂当知之⑤。妃呼狶⑥!秋风肃肃晨风飔⑦,东方须臾高知之⑧。

【翻译】

心上的人儿呵,

远在那大海的南边。

送你什么表我心?

两头挂珠的玳瑁簪,

再用美玉簪上缠。

---

① 何用:即"用何",用什么。问遗(wèi 卫):赠送。 ② 玳瑁(dài mào):龟类,甲壳光滑,可制装饰品。簪(zān):古人用来连结发髻和冠的一种首饰,簪身横穿发髻,两端出冠外。"双珠玳瑁簪",是两端各悬一珠的玳瑁簪子。 ③ 绍缭(liáo 辽):缠绕。 ④ 拉:折。杂:碎。摧:毁。 ⑤ 鸡鸣狗吠:指天色将明。 ⑥ 妃呼狶(xī 希):叹息之声。一说是表声的字,无意义。 ⑦ 肃肃:风声。晨风:鸟名,就是鹯(zhān 占)鸟,和鹞子是一类,飞起来很快。一说晨风即雉鸟。飔(sī 思):疾风,此处指鸟飞疾速。 ⑧ 须臾:过不了多久。高:同"皓"(hào 浩),白。

忽听得情郎有二心，
折断烧毁了玳瑁簪。
烧毁玳瑁簪，
迎风扬灰随飞烟。
打从今日起，
再不思绵绵！
爱情恋意尽割断！
鸡啼狗叫天快亮，
兄嫂起来此事怎相瞒。
哎呀呀！
秋风劲吹晨风鸟儿飞，
东方快发白，我该知道怎么办。

上 邪

本篇亦为汉乐府《铙歌》十八曲之一,诗中的女主人公指天为誓,并列举五件绝不可能发生的事情作为断绝的条件,以表示对爱情的生死不渝。想象奇特,感情奔放强烈,一如火山之喷发。有人说这篇和《有所思》可能本为一篇,《有所思》写考虑和情人断绝,欲决而未决;本篇则是女主人公打定主意后发出的誓言。

上邪①!我欲与君相知②;长命无绝衰③。

---

① 上邪(yé 爷):等于说"天啊"。上,指天;邪:同"耶"。 ② 相知:相亲相爱。 ③ 命:令。

山无陵①,江水为竭,冬雷震震②,夏雨雪③,天地合,乃敢与君绝!

【翻译】

　　天啊!
　　我要和你相爱恋,
　　永使此情不破裂、无衰减!
　　除非高山变平地,
　　长江水枯干,
　　冬天打雷声隆隆,
　　夏日降雪雪漫天,
　　再要天地合一起,
　　才敢与你断情欢!

---

① 陵:山峰。　② 震震:雷声。　③ 雨(yù预):降落。

箜篌引〔公无渡河〕

本篇郭茂倩《乐府诗集》列入《相和歌辞》，《箜篌引》，一作《公无渡河》。据崔豹《古今注》，朝鲜津卒霍里子高某日晨起撑船，见一白发狂夫提着酒壶，不顾危险，穿渡急流。狂夫的妻子追来拦阻不及，其夫因而堕河而死，她便弹着箜篌唱出《公无渡河》的哀歌，随即也投河自杀而死。子高的妻子因而便创造了《箜篌引》之曲。可见这是一首以夫死妻殉的悲剧为背景的悲壮诗歌，全诗仅四句，每句一顿，每顿转深，凄声怆情，感人至深。箜篌，一种乐器之名，也作"空侯"或"坎侯"，原出西域，体长而曲，有二十三弦。抱于怀间，或用双手弹奏，或用木、竹拨弹。

公无渡河①,公竟渡河②。

堕河而死③,当奈公何!

【翻译】

夫呵!您不要横渡急流险河!

夫呵!您偏要横渡急流险河!

您落水把生命舍弃,

夫呵!我对您真无可奈何!

---

① 公:对男子长者的尊称。无:毋,不要。 ② 竟:偏偏。
③ 堕:跌落。

江　　南

本篇最早见于《宋书·乐志》,在《乐府诗集》中属《相和歌辞·相和曲》。是一首江南民间采莲时所唱的民歌;也可能是一首与劳动相结合的情歌,以"莲"谐"怜",象征爱情,这是乐府民歌中常用的谐音双关的手法。

诗的前三句叙事,揭示题旨;后四句进行铺陈,描写鱼儿在莲叶间飘忽嬉戏、四处游动,以此反映出采莲人的欢快心情,体现出一种流连回环、一唱三叹的动人情致。

江南可采莲,莲叶何田田①。鱼戏莲叶间。鱼戏莲叶东,鱼戏莲叶西,鱼戏莲叶南,鱼戏莲叶北②。

【翻译】

在江南可采摘鲜嫩的莲蓬,
那莲叶是多么秀挺丰满。
鱼儿呵嬉游在莲叶的中间。
——鱼儿嬉游在莲叶的东头,
鱼儿嬉游在莲叶的西面,
鱼儿嬉游在莲叶的南端,
鱼儿嬉游在莲叶的北边。

---

① 田田:形容莲叶挺出水面、秀劲饱满的样子。 ②"鱼戏莲叶东"以下四句:可能是和声。"相和歌"本来就是一人唱、多人和的。

薤　露

本篇郭茂倩《乐府诗集》列入《相和歌辞》，与《蒿里》篇同为古齐国东部的挽歌，出殡时挽柩人所唱。据崔豹《古今注》，《薤露》为汉时送王公贵人出殡用，另一首《蒿里》则为士大夫、平民出殡用。《薤露》诗首二句把"薤露易晞"的感叹与富贵无常之忧相联，确是富贵者享乐不尽、惟恐人命短促的真实思想的流露。《蒿里》，据《易·系辞》云："古之葬者，厚衣之以薪，葬之中野，不封不树。""蒿"即"薪"；"里"即"野"，颜师古注《汉书》认为《蒿里》或呼为《下里》。所以崔豹把《薤露》、《蒿里》定为两种不同等级的挽歌，这是有道理的。《薤露》一名，最早见于《文选》

宋玉《对楚王问》。"薤露",即薤上之露。薤(xiè谢),一种多年生草本植物,叶细长,花紫小,鳞茎与嫩叶可食用。

薤上露,何易晞①!
露晞明朝更复落②,人死一去何时归!

【翻译】

薤叶上的清露晶亮无比,
清露的晾干实在容易!
呵!露水干了还有明天,
明天它又缀满了叶儿、树枝。
人的生命呵一旦失去,
看不到它归来又在几时!

---

① 晞(xī希):晾干。　② 落:降。指降落在薤上的露水。

蒿　　里

本篇郭茂倩《乐府诗集》亦列入《相和歌辞》。泰山南有山名蒿里,相传为人死魂魄聚居之地。前二句就死后说,写亡魂游魄共向蒿里,凄惨欲绝;后二句就死时说,鬼伯催促索命,更增怖惧。诗仅几句,较好地烘染出挽歌的哀哀凄情。

蒿里谁家地①?聚敛魂魄无贤愚②。

---

① 谁家:哪家。　② 聚:集。敛:收。无贤愚:不分贤明、愚拙。

鬼伯一何相催促①,人命不得少踟蹰②。

【翻译】
　　蒿里是哪家的坟土?
　　魂魄相聚,不分贤愚。
　　鬼卒催促为何这样严厉,
　　人命归阴竟不能稍留须臾!

---

① 鬼伯:古人以为人死时催人索命的鬼卒。一何:怎么那样。　② 少(shāo 稍):稍稍。踟蹰(chí chú 池除):要走不走的样子。

鸡　　鸣

本诗最早见于《宋书·乐志》,是乐府相和歌古辞。宋郭茂倩《乐府诗集》列入《相和歌辞·相和曲》类。相和曲一般是指丝竹相和或人声相和。这首诗论者都以为前后舛乱,错简脱漏,互不联属。其实它通过写一个"荡子"由低贱而贵幸而弄权而覆没的过程,揭示了汉代统治阶级盛衰无常的事实和荒淫无耻的生活。全诗可分作三段。第一段总纲,戒"荡子"勿因"天下升平"(汉语)乘柔服乱名的时会,陷于刑法。二段写"荡子"乘时得势后的奢侈淫靡及炙手可热的情况。三段以比兴手法写"荡子"遭祸后互相倾轧、各自苟活的丑态。汉代许多外戚贵族大都由贫贱发迹,由骄纵败灭,《鸡鸣》一诗无疑有深刻的现实意义。全诗讽刺辛辣,又用比兴、民谚寓托爱憎,增强表现力,实为汉乐府诗中的佳作。

鸡鸣高树巅①,狗吠深宫中②。荡子何所之③?天下方太平。刑法非有贷④,柔协正乱名⑤。

黄金为君门,璧玉为轩(阑)堂⑥;上有双樽酒⑦,作使邯郸倡⑧。刘王碧青甓⑨,后出郭门王⑩。

舍后有方池⑪,池中双鸳鸯⑫,鸳鸯七十二⑬,罗列

---

① 巅:顶。 ② 吠:狗叫。宫:墙垣。 ③ 荡子:狂荡好闲、不治生产的人。即下文所说的"君"。均指由低贱出身靠钻营得势的贵戚。之:往;出路。 ④ 贷:宽容、通融。 ⑤ 柔协:用宽柔安抚人的意思。正:正在,副词。乱名:违法、乱纪。 ⑥ 璧:应为"碧"。"碧玉"与"黄金"对文。据扬雄《解嘲》,金门、玉堂均帝王所专享,决非贵戚、臣僚所擅用。"阑":衍文。轩堂:堂左右长廊有窗的为轩。 ⑦ 樽:酒杯。 ⑧ 作使:役使。邯郸倡:赵地的美女。邯郸是战国时赵国国都,相传赵地多美女。倡:女乐。 ⑨ 刘王:汉同姓诸侯王。甓(pì 辟):砖的一种。 ⑩ 郭门:诸侯宫室的外门。郭门王:郭门外的侯王,即非与汉同姓的诸侯王,指一朝得势的"荡子"。 ⑪ 舍:屋。方:大。 ⑫ 鸳鸯:水禽名,常双栖,羽毛艳丽。 ⑬ 七十二:指池中鸳鸯之多。

自成行①。鸣声何啾啾②,闻我殿东厢③。兄弟四五人,皆为侍中郎④,五日一时来⑤,观者满路傍。黄金络马头⑥,颎颎何煌煌⑦!

桃生露井上⑧,李树生桃傍;虫来啮桃根⑨,李树代桃僵⑩。树木身相代,兄弟还相忘!

【翻译】

鸡群在树顶"喔喔"长鸣,

狗儿在墙内"汪汪"相应。

在这"天下太平"的年景,

狂荡游闲的人啊,到哪里营生?

公正的刑法对谁也不宽容:

顺服者得到安抚;触犯者必定严惩。

何况正当法纪败坏的时辰!

昔日里,黄金镶门惊人心,

---

① 罗列:排列。 ② 啾啾:鸟鸣之声。指鸳鸯鸣声。何:何其、多么。 ③ 殿:高大的堂屋。 ④ 侍中郎:皇帝的近侍官。 ⑤ 五日:汉制,朝官五日可在私宅休息沐浴一次。一时:同时。 ⑥ 黄金络马头:用黄金镶嵌的马笼头。 ⑦ 颎颎(jiǒng jiǒng 炯炯):明亮。煌煌:光耀。 ⑧ 露井:无盖的井。 ⑨ 啮(niè 涅):咬。 ⑩ 僵:指树木枯死。

碧玉高堂耀眼明。
堂上杯杯美酒斟，
堂下赵女侍奉勤！
刘氏王孙碧砖绿瓦起殿门，
异姓权贵争先恐后步后尘：
屋后大池明似镜，
双双鸳鸯戏水中。
成双作对七十二，
游来划去逐队行。
鸣声"啾啾"叫不断，
殿东厢头听得真。
兄弟共有四五个，
个个都是近侍臣。
五日休假同时归，
行人簇拥观路旁。
高头大马黄金络，
金光闪闪多辉煌！

井边桃树长得壮，
李树生在桃树旁；
蛀虫来咬桃树根，

李树倒替桃树僵。
树木还能代遭殃,
兄弟同根却相忘!

平 陵 东

本篇始见于《宋书·乐志》,是相和歌古辞。崔豹《古今注》、唐吴兢《乐府古题要解》都说诗中"义公"指汉末翟义。翟因举兵反王莽遇害,所以他的门下作此歌以寄悲。但这一传统说法与诗意并不吻合。据诗中"平陵东"一词的提示,再证以班固《两都赋》"北眺五陵……冠盖如云,七相五公,与乎州郡之豪杰,五都之货殖,三选七迁,充奉陵邑"的记述,可知《平陵东》一诗所写之事发生在汉代豪门势族聚居的"五陵"地区,是该地区的权豪及其爪牙公开欺压手无寸铁的平民,将其劫为人质,进行敲诈勒索,致使平民濒于倾家荡产的悲惨境地,从而反映了汉时现实社会的黑暗。全诗都以三、三、七句式直叙其事,尺幅千里,浅语长情,内容很是充实。

平陵东①,松柏桐②,不知何人劫义公③。
劫义公,在高堂下④,交钱百万两走马⑤。两走马,亦诚难,顾见追吏心中恻⑥。心中恻,血出漉⑦,归告我家卖黄犊⑧。

【翻译】

长安西北平陵东,

松柏桐树郁葱茏,

不知是谁绑义公。

绑义公,绑义公,

绑进府衙高堂中,

---

① 平陵:汉昭帝陵墓,地在长安西北七十里。与高帝长陵、惠帝安陵、景帝阳陵、武帝茂陵合称"五陵"。一说:《汉书·地理志》"右扶风有平陵县",注云:"昭帝置,莽曰广利。" ② 松、柏、桐:旧时墓旁常植之树。 ③ 不知何人:是明知故问的讽刺语。义公:汉时有义姓;但亦作形容词用,指忠厚善良的人。 ④ 在高堂下:指义公被劫持,置于堂下。主语"义公"承上省。 ⑤ 走马:善跑的好马。 ⑥ 顾:见。恻(cè 测):悲痛。 ⑦ 漉(lù 录):渗出。 ⑧ 犊(dú 独):小牛。

逼着交钱一百万，外加两匹八尺駚。

八尺駚送，八尺駚送，

健马两匹实在难供奉，

看见追吏影儿心头痛。

心头痛，心头痛，

伤口渗血色殷红。

告诉家人卖掉小黄牛，

不惜家产一旦空！

陌 上 桑

本篇最早见于《宋书·乐志》，题为《艳歌罗敷行》；《玉台新咏》辑录本篇，题为《日出东南隅行》；《乐府诗集》题作《陌上桑》，属《相和歌辞·相和曲》。本诗叙述了一个太守调戏侮弄一个采桑女子而遭到严辞拒绝的故事，揭露了封建上层官僚的荒淫无耻，刻画了一个美丽坚贞、勇敢机智的劳动女子的形象。作品描绘罗敷形象，着笔于罗敷器用之精、服饰之丽及旁观者的反映，无一字正面写罗敷容貌之美，妙在虚处着笔，引人想象。写罗敷拒绝太守的无理要求，则让她虚拟一个貌美才俊、显赫高贵的丈夫来压倒太守，这又突出表现了罗敷性格的机智敏慧。

诗中叙述、抒情、描写的有机结合,铺陈、夸张、衬托等手法的综合运用,使这篇作品在叙事艺术上达到了很高的成就。全诗分三解,"一解"等于"一章"。

日出东南隅①,照我秦氏楼②。秦氏有好女③,自名为罗敷④。

罗敷喜蚕桑,采桑城南隅。青丝为笼系⑤,桂枝为笼钩⑥。头上倭堕髻⑦,耳中明月珠⑧。缃绮为下裙⑨,紫绮为上襦⑩。行者见罗敷,下担捋髭须⑪;少年见罗敷,

---

① 东南隅(yú于):东南方。这里"东南"是偏义复词,实指东方。 ② 我:我们,这里用的是作者第一人称的口吻,显得比较亲切。下面转入客观叙述。 ③ 好女:美女。 ④ 自名:本名。罗敷:古代美女的通名,《焦仲卿妻》中即有"东家有贤女,自名秦罗敷"的句子,汉代女子多取以为名。 ⑤ 笼:篮子。系:篮上的络绳。 ⑥ 钩:篮上的提柄,可以挂在桑枝上,所以称钩。 ⑦ 倭(wō窝)堕髻(jì计):又叫"堕马髻",发髻偏在一边,似堕非堕,是当时的一种流行发式。 ⑧ 明月珠:宝珠名,又叫大秦珠,产于西域大秦国。 ⑨ 缃:杏黄色。绮:有花纹的丝织品。 ⑩ 襦(rú如):短袄。 ⑪ 髭(zī资)须:胡须。"髭"是口上边的胡子,"须"是下巴处的胡子。以上两句是写行路人看见罗敷美貌,都放下担子,对她注目而视,"捋髭须"则是看罗敷时做出的下意识动作。

脱帽著帩头①。耕者忘其犁,锄者忘其锄。来归相怨怒,但坐观罗敷②。一解

使君从南来③,五马立踟蹰④。使君遣吏往,问是谁家姝⑤?"秦氏有好女,自名为罗敷⑥。"

"罗敷年几何⑦?""二十尚不足,十五颇有余⑧。"使君谢罗敷⑨:"宁可共载不⑩?"罗敷前置辞⑪:"使君一何愚⑫!使君自有妇,罗敷自有夫!"二解

"东方千余骑⑬,夫婿居上头⑭。何用识夫婿⑮?白马从骊驹⑯。青丝系马尾,黄金络马头;腰中鹿卢剑⑰,

---

① 帩(qiào 窍)头:即绡头,包头发的纱巾。古人先以头巾束发,然后戴帽子。 ② 坐:因为。 ③ 使君:汉时对太守、刺史的称呼。 ④ 五马:汉时太守出巡用五匹马拉车。踟蹰(chí chú 迟除):徘徊不前。 ⑤ 姝(shū 书):美女。 ⑥ "秦氏"两句是吏人打听后回复使君的话。 ⑦ 此句是使君命吏人再去打听。 ⑧ 这两句是吏人打听后回复使君之言。 ⑨ 谢:问。 ⑩ 宁可:是否愿意。 ⑪ 置辞:致辞,答话。 ⑫ 一何:何等,多么。 ⑬ 东方:指夫婿居官之地。千余骑:泛指夫婿的随从人马。 ⑭ 上头:行列的前端。 ⑮ 何用:何以,凭什么。 ⑯ 骊(lí 离)驹:深黑色的小马。这句说:骑着白马后面跟着小黑马的大官就是我丈夫。 ⑰ 鹿卢:即辘轳,井上汲水用的滑轮。鹿卢剑,指剑首用玉刻成辘轳形的长剑。

可值千万余。十五府小史①,二十朝大夫②,三十侍中郎③,四十专城居④。为人洁白皙⑤,鬑鬑颇有须⑥。盈盈公府步,冉冉府中趋⑦。坐中数千人,皆言夫婿殊⑧。"

三解

【翻译】

　　一轮太阳升起在东方,
　　照亮咱秦家的楼房。
　　秦家有个漂亮的女子,
　　她的名字叫罗敷姑娘。
　　罗敷喜爱养蚕和采桑,
　　采桑来到城南旁。
　　桑篮系的是青丝绳,
　　桂枝作成的提柄好采桑。
　　头上梳着半偏的发髻,

---

① 府小史:太守府中地位低下的小官吏。史,一作"吏"。② 朝大夫:朝廷中的大夫。③ 侍中郎:见《鸡鸣》注。任此种官职者经常侍卫在皇帝左右。④ 专城居:治理一城的长官,如太守、刺史之类。⑤ 皙(xī 西):白。⑥ 鬑鬑(lián 廉):须长的样子;一说是鬓发稀疏的样子。似以前说为好,当时的男子以面白须长为美。⑦ "盈盈公府步"两句:"盈盈"、"冉冉"都是形容步法缓慢而有气派。公府:官府。"公府步"、"府中趋"等于后世所说的"官步"。⑧ 殊:出众。

明月宝珠作耳珰。

杏黄色花裙多么鲜艳，

上身穿的是紫绸短裳。

行人看见罗敷，

放下担子，摸着胡须凝神望；

少年看见罗敷，

脱下帽儿，重整发巾装模样。

耕田的人忘了犁地，

锄地的人也把活儿来忘。

回来互相埋怨误了耕种，

只因为贪看罗敷姑娘。

五匹骏马驾着轩车从南来，

马儿见了罗敷，不腾不骧。

太守派员前往，

"那是谁家的美貌姑娘？"

"秦家的漂亮女子，

罗敷的名字传四方。"

"罗敷芳龄有多少？"

"二十还不到，十五六岁花正芳。"

太守传语罗敷：

"愿不愿跟太守同车前往？"

罗敷上前相告：

"太守你多么愚蠢荒唐！
你太守自有你的结发妻，
我罗敷也有自己的称心郎！"
"东边远处有军马万千，
我丈夫带队走在最前。
靠什么来辨认我的丈夫？
骑白马、黑马跟，气宇不凡。
青色丝带系在马尾，
马头上黄金络头光耀眼。
腰间的那把鹿卢剑，
价值连城又何止万千！
他十五岁还是太守府的小吏，
二十岁便封大夫朝廷为官，
三十岁做侍中接近皇上，
四十岁守大城赏罚专擅。
他外貌俊伟，皮肤白皙，
一部长须飘冉冉。
他慢悠悠踱着官派方步，
在府中从容走气度威严。
在座的官员有好几千，
都说我丈夫人材出众世上少见。"

长歌行二首

本诗见于宋郭茂倩《乐府诗集》，属《相和歌辞·平调曲》。《长歌行》古辞凡二首（宋严羽《沧浪诗话》认为应作三首），本篇是其中的第一首。所谓"长歌"，是指歌声的长短，与"短歌"相对。魏晋时期诗人作品中曾常提及"长歌正激烈"（《古辞》）、"短歌微吟不能长"（曹丕《燕歌行》）、"咄来长歌续短歌"（傅玄《艳歌行》），可见"短歌"、"长歌"并非如崔豹《古今注》所说的是写人的寿命长短的歌辞。本诗由园中的向日葵起兴，联想到万物的盛衰有时、良辰瞬逝的不可挽回，最后归结到人生应及时努力建功立业，免得老大追悔莫及。全诗寓意较深，富于教育意义。

其 一

青青园中葵①,朝露待日晞②。
阳春布德泽③,万物生光辉④。
常恐秋节至,焜黄华叶衰⑤。
百川东到海⑥,何时复西归!
少壮不努力,老大徒伤悲⑦!

【翻译】

园中青青的向日葵,
葵叶上的露水,期待着阳光把它晒。
温煦的春光给万物普施恩惠,
万物蓬蓬勃勃,焕发出生命的光辉。
我担心明丽的春光将被肃杀的秋霜替代,
红花绿叶将会黄落、枯萎。
时光像千条万条流水东奔大海,

---

① 青青:植物壮盛之色。葵:向日葵。 ② 朝露:清晨的露水。晞:晾干。 ③ 阳春:温暖的春天。布:布施、给予。德泽:恩惠。 ④ 光辉:原是阳光照在万物上发出的反光,这里引申为万物的生命光彩。 ⑤ 焜(hún浑):枯黄。 ⑥ 百川:泛指众多的河流。 ⑦ 徒:徒然、白白地。

何时再能够向西回归!

年轻力壮时如不发奋努力,

待到年华老大就只能空自嗟悲!

其 二

  本篇原是《长歌行》的第三首。原《长歌行》第二首"仙人骑白鹿"(十句),与本诗"岧岧山上亭"(十二句),从内容上看显然了不相涉,但在合乐时被并为一篇歌辞,所以郭茂倩《乐府诗集》认为只是一首诗。现据内容把"岧岧山上亭"以下作为《长歌行》的第三首。这是一首游子思亲、勉力功业的诗。诗中引用了《诗经》、吴起的典实,使全诗显得比较典雅深沉。

岧岧山上亭①,皎皎云间星②。

远望使心思③,游子恋所生④。

驱车出北门,遥望洛阳城⑤。

---

  ① 岧岧(tiáo tiáo 迢迢):高峻的样子。 ② 皎皎:光亮。 ③ 思:悲。 ④ 所生:指父母。 ⑤ 洛阳城北的邙山,是葬人之地。游子的父母可能葬在北邙,所以睹物思亲。

凯风吹长棘①,夭夭枝叶倾②;
黄鸟飞相追③,咬咬弄音声④。
伫立望西河,泣下沾罗缨⑤。

【翻译】

山上的亭儿啊高峻,
云间的星儿啊晶明。
登高远望啊使我伤心,
游子心中啊依恋慈亲。
随车走出城北门,
遥遥眺望洛阳城。
南风阵阵拂枣林,
青枝绿叶随风倾。
黄鸟飞鸣相追逐,

---

① 凯风:南风,是生长之风。棘:枣树。自此以下四句都本自《诗经·邶风·凯风》,是子女颂扬父母养育深恩的诗篇。 ② 夭夭:茂盛美好的样子。 ③ 黄鸟:即黄雀。 ④ 咬咬(jiāo jiāo 交交):鸟声。 ⑤ 伫立:久立。这二句写战国卫人吴起事。吴起离国时和母亲诀别,曾说"做不到卿相就不再回国"。后来母死,吴起恪守誓言,始终没有回国。又,吴起曾任魏国西河太守,后受谗被迫离开西河时,落了泪,见《吕氏春秋·观表篇》。诗人借此表达了为求功业,未报亲恩而深感愧伤的心情。缨:结帽子的两条带子。

"咬咬"好音动我情：
久久站立想古人，
吴起西河泪沾缨！

猛 虎 行

本篇郭茂倩《乐府诗集》列入《相和歌辞》。不从猛虎食,是不想为虎作伥;不从野雀栖,是不甘同流合污。全诗表现了"游子"自重的品德。它以"猛虎"、"野雀"起兴,形虽双起,而重在野雀发论,用双起单承的手法来表达主题。

饥不从猛虎食,莫不从野雀栖①。
野雀安无巢②?游子为谁骄③?

---

① 莫:同"暮"。 ② 安:难道。从诗义看,此句之上省"猛虎安无食"句。 ③ 骄:这里是自重自爱的意思。

【翻译】

  饥肠煎熬也决不跟猛虎攫食！

  暮色催归也决不随野雀栖息！

  难道野雀没有安乐的鸟窝？

  游子还为谁保持傲气？

  只因自重自爱所以一如往昔。

相 逢 行

《相逢行》或称《相逢狭路间行》、《长安有狭斜行》,首见于《玉台新咏》,是乐府古辞。郭茂倩《乐府诗集》则列入《相和歌辞》中。有人因为诗中许多语句与《鸡鸣》诗相同,认为两诗题旨相近。这一说法是有道理的。王符《潜夫论·浮侈》云:"其嫁娶者,车轩数里,缇帷竟道;骑奴侍童,夹毂并引。"《相逢行》正是通过几家豪门的"骑奴侍童,夹毂并引",把自鸣得意、引为光耀的夸官、夸富,变为不打自招式的主子寄生生活的自供状。在铺陈藻彩、声韵铿锵中淋漓尽致地起到了讽刺的效果。

相逢狭路间,道隘不容车①。不知何年少②,夹毂问君家③。君家诚易知,易知复难忘。黄金为君门,白玉为君堂。堂上置樽酒,作使邯郸倡④。中庭生桂树⑤,华灯何煌煌⑥!

兄弟两三人⑦,中子为侍郎⑧。五日一来归,道上自生光⑨,黄金络马头,观者盈道傍⑩。入门时左顾⑪,但见双鸳鸯,鸳鸯七十二,罗列自成行。音声何噰噰⑫,鹤鸣东西厢⑬。大妇织绮罗⑭,中妇织流黄⑮,小妇无所为,挟瑟上高堂⑯:"丈人且安坐⑰,调丝方未央⑱!"

---

① 隘(ài 爱):狭。 ② 何年少:哪个少年,指骑奴侍童。 ③ 毂(gǔ 古):车轮中心集辐插轴处。夹毂:夹车、在车两旁。此以毂代车。 ④ 樽酒、邯郸倡:注并见《鸡鸣》。 ⑤ 中庭:庭中。 ⑥ 华灯:制作精巧有光华的灯。 ⑦ 两三:偏义复词,指三。 ⑧ 侍郎:官名。主作文书起草。 ⑨ 五日:注见《鸡鸣》。生光:生辉。 ⑩ 盈:满。 ⑪ 时:偶而。左顾:环顾、回顾。 ⑫ 噰噰(yōng yōng 庸庸):鸟类和鸣声。 ⑬ 厢:正房两侧的房屋。 ⑭ 大妇:指长子之妻;下文"中妇"、"小妇",分别为中子、幼子之妻。绮罗:有细密花纹的精美丝织品。 ⑮ 流黄:以黄色为主的杂色丝织物。 ⑯ 瑟:一种弦乐器。 ⑰ 丈人:这里是儿媳对公婆的尊称。 ⑱ 调丝:调弦。方未央:一作"未遽央"。未至尽时。

【翻译】

高车相逢狭路上,
路窄难通车相傍。
谁家侍童夹车问,
探询君家太轻狂!
君家名声谁不知,
人人闻知便难忘。
黄金大门映日光,
美玉莹莹筑高堂。
堂上碰杯倾酒浆,
堂下倡女侍奉忙。
庭中桂树吐芬芳,
华灯焰焰放光芒。
兄弟三人有财势,
二弟最贵作侍郎。
休沐归家来探望,
一路之上有辉光。
黄金为络骏马壮,
行人争看满路旁。
入门顾盼气昂昂,
只见池中双鸳鸯,
成双作对七十二,

结队游漾列成行。
又闻音声好悦耳,
原来鹤鸣东西厢。
大妇织锦有纹章,
二妇织绫真辉煌,
小妇闲来无事做,
夹瑟盈盈上高堂:
"公公婆婆且宽坐,
调弦弹曲刚开场!"

东 门 行

本篇在《乐府诗集》中属《相和歌辞·瑟调曲》。写一个男子为生活所迫，只得铤而走险，反映了当时黑暗严酷的社会现实。诗的开头，男主人公从"东门"外（即是他前往冒险之地）回来，本是由于家有妻儿老小，所以挂念难舍；而等他看到家徒四壁、衣食皆无时，只得横下心来，再度出门冒险。这里的出而复归，归而又出，正表现了男主人公内心激烈的矛盾斗争。诗中的夫妇对话，句式参差错落，语言浑朴天成，传达了两人的不同神态和心情。这篇作品曾为晋乐所奏，见于《宋书·乐志》，曲辞和本辞稍有不同，添上了"今时清廉，难犯教言，君复自爱莫为非"、"平慎行,望君归"之类的话,可能是后来经过了文人的修改,削弱了原诗的思想意义。

出东门,不顾归①;来入门,怅欲悲。盎中无斗米储②,还视架上无悬衣。拔剑东门去,舍中儿母牵衣啼③:"他家但愿富贵,贱妾与君共铺糜④。上用仓浪天故⑤,下当用此黄口儿⑥。今非!""咄⑦!行!吾去为迟!白发时下难久居。"

【翻译】

出得东门外,

本想不回来;

回来进家门,

迷茫又伤悲。

瓦罐之中无粒米,

回看架上空空又无衣。

---

① 不顾归:不愿回家。顾:念想。 ② 盎(àng 昂去声):一种大腹小口的瓦瓮。 ③ 儿母:诗中主人公之妻,等于今天说"孩子他妈"。 ④ 铺糜(bǔ mí 补迷):吃粥。 ⑤ 用:为了。仓浪天:苍天,青天。 ⑥ 黄口儿:幼儿。 ⑦ 咄(duō 多):呵斥声。

拔剑又要去东门，
孩子妈，手牵衣角眼含泪：
"别人家都想求富贵，
我跟你吃糠喝粥也无悔。
上看老天不能容为非作歹，
下看怀中幼儿牵心肺，
这样去干可不对！"
"别罗嗦，快快放我走！
现在我去已太迟，
白发时时掉下来，这种日子再难挨！"

妇 病 行

本诗是相和歌古辞,郭茂倩《乐府诗集》收入《相和歌辞·瑟调曲》。它通过一个贫户的妇死、儿孤、夫乞等情事,深刻地揭示了汉代贫民挣扎在死亡线上的悲惨遭遇。全诗只作客观的叙述,运用多次对话,收到真实、感人的艺术效果。

妇病连年累岁①,传呼丈人前②一言。当言未及得言,不知泪下一何翩翩③。"属累君两三孤子④,莫我儿

---

① 累:积。 ② 丈人:这里指丈夫。 ③ 一何:怎么那样。翩翩(piān piān 偏偏):不停息的样子。 ④ 属:连。属累:连累。孤子:孤儿。

饥且寒①！有过慎莫笞答②！行当折摇③，思复念之！"

乱曰④：抱时无衣，襦复无里⑤。闭门塞牖⑥，舍孤儿到市⑦。道逢亲交⑧，泣坐不能起⑨。从乞求与孤买饵⑩。对交啼泣，泪不可止⑪。"我欲不伤悲不能已⑫。"探怀中钱持授交⑬。入门见孤儿，啼索其母抱⑭，徘徊空舍中，"行复尔耳⑮！弃置勿复道⑯。"

【翻译】

　　病妇久病气奄奄，
　　招呼丈夫上前听一言。

---

①莫我儿：莫使我儿，不要让我的儿女。　②过：过错。笞答（dá chī 达痴）：原为打人竹器，这里作动词用，打、击。　③行当：不久、将要。折摇：犹折夭，夭折，短命早死。　④乱：古代乐歌中的末章。乐歌将完，众乐齐奏，众声合唱，以为结束。所以"乱"也就是尾声。　⑤无衣：无长衣。襦（rú 如）：短衣。无里：无衬里。这句意思是虽有短衣，却是单的。　⑥牖（yǒu 友）：窗户。　⑦舍：丢开、抛下。　⑧亲交：亲近的友朋、戚属。　⑨坐：古人说坐是指跪下后坐在脚跟上。　⑩从：牵、拉。从乞求：牵着、拉着亲交请求。饵：糕饼之类食品。　⑪交：指亲友。泪不可止：丈夫对亲交说着说着便泪痕满面。　⑫"我欲"句：亲交说："叫我不伤心也不可能啊！"已：止。　⑬探怀中钱：伸进怀里取钱。　⑭索：求。　⑮行：即将。复：又要。尔：这样。这句意思是这孩子的命运也将像他妈一样。　⑯弃置：丢开一旁。

未曾开口声先咽,
不知眼泪怎会这样长流线不断。
"两三个孤儿要拖累你,
别让他们挨饿又受寒。
有错千万别打骂,
谁知他们还能活几天?
想着他们时时多爱怜!"

尾声:
抱起孤儿无衣衫,
短袄缺里薄又单。
关上大门堵上窗,
抛下孤儿到市边。
路逢亲友说说眼前事,
跪坐哭诉起立难。
乞求亲友帮个忙,
请为我的孤儿买些糕点。
对着亲友哭涟涟,
泪水滚滚流不断。
"要我不伤悲,伤悲没个完!"
怀中掏钱给亲友,
急急回家转。

只见幼儿寻娘抱,哭叫声震天。

徘徊空屋忧心煎:

"可怜的孤儿,

母死没多久,就这样凄惨!

还是丢开这一切不去谈,

这一类的惨象多的是,

谈也谈不完!"

孤 儿 行

本诗见于郭茂倩《乐府诗集》，属《相和歌辞·瑟调曲》，是乐府古辞。这是一首描绘孤儿被兄嫂虐待、揭露封建家庭罪恶的诗歌。全诗可分"行贾"、"行汲"、"瓜车翻倒"三段。它以远地经商、腊月归家、满头虮虱、风尘满面、足下无鞋、冬无复襦、夏无单衣等写出孤儿如奴隶一般的生活之苦；又以上堂办饭、下堂视马、朝行出汲、暮始归返、手皴指裂、蒺藜刺胫、三月蚕桑、六月收瓜等写出孤儿如奴隶般的劳动之苦。同时本诗又写出了兄嫂的严酷、家长的凶狠。全诗同《妇病行》一样，运用参差错落的句式，细腻委曲、简明扼要的口语叙述，配上惨楚的声调韵律,形成了全诗悲痛感人的风调。它断续无端,起落无迹;血泪斑斑深沁纸上,直透人们心头,确能激起人们对封建宗法社会的家庭罪恶的愤恨之情。

孤儿生①,孤子遇生②,命独当苦。父母在时,乘坚车③,驾驷马④。父母已去⑤,兄嫂令我行贾⑥。南到九江⑦,东到齐与鲁⑧。腊月来归⑨,不敢自言苦。头多虮虱⑩,面目多尘⑪。大兄言办饭⑫,大嫂言视马⑬。上高堂⑭,行取殿下堂⑮,孤儿泪下如雨。

使我朝行汲⑯,暮得水来归;手为错⑰,足下无菲⑱。

---

① 生:出生。 ② 孤子:孤儿。遇:逢、碰上、赶上。生:生活,这里指孤儿的苦难处境。 ③ 坚车:坚固完好的车子。 ④ 驷马:驾四匹马的车。 ⑤ 已去:已死。 ⑥ 行贾:往来经商。 ⑦ 九江:汉时九江郡,治所在今安徽寿春。后改治所为陵阴,即今安徽定远西北。 ⑧ 齐:西汉为郡,治所临淄,即今山东临淄。东汉时为诸侯国。鲁:汉县名,即今山东曲阜。 ⑨ 腊月:冬天十二月。 ⑩ 虮虱(jǐ shī 挤诗):寄生在人畜身上的一种吸血害虫。虮是虱的虫卵。 ⑪ 尘:"尘"后应有一"土"字。 ⑫ 办饭:料理饭食。 ⑬ 视马:照看马匹。 ⑭ 高堂:厅堂正屋。 ⑮ 行:复、又得。取:同"趋",急走。 ⑯ 汲(jí 及):从井里打水。 ⑰ 错:假借字,通"皵"(què 确),皮肤皴裂。 ⑱ 菲:通"扉"(fēi 匪),草鞋。

怆怆履霜①,中多蒺藜②;拔断蒺藜肠月中③,怆欲悲。泪下渫渫④,清涕累累⑤。冬无复襦,夏无单衣。居生不乐⑥,不如早去⑦,下从地下黄泉⑧。

春气动⑨,草萌芽。三月蚕桑,六月收瓜。将是瓜车⑩,来到还家。瓜车反覆⑪,助我者少,啖瓜者多⑫。"愿还我蒂⑬,兄与嫂严,独且急归⑭,当兴较计⑮。"

乱曰:里中一何譊譊⑯!愿欲寄尺书⑰,将与地下父母⑱。兄嫂难与久居。

---

① 怆怆:借为"跄跄",急走。履:动词,踏、踩。 ② 蒺藜(jí lí 辑厘):一种植物,它的果实有刺。 ③ 肠:腓肠,脚胫骨后的肉,俗称腿肚。月:古"肉"字。 ④ 渫渫(dié dié 谍谍):水波相连的样子。形容泪流不断。 ⑤ 累累:连接不断。 ⑥ 居生:活在世上。 ⑦ 早去:早死。 ⑧ 下从:跟随父母到地下。地下、黄泉:都指古人心目中的阴间。 ⑨ 春气:阳气、暖气。 ⑩ 将:推、扶。是:这。 ⑪ 反:翻倒。 ⑫ 啖(dàn 啖):吃。 ⑬ 蒂:瓜与瓜藤相连处。 ⑭ 独:定(独、定一声之转)。独且:将,一定要。 ⑮ 兴:生出。较计:计较。兴较计:意思是,兄嫂必定严加追究。 ⑯ 里中:家中。譊譊(xiāo xiāo 消消):怒骂声。 ⑰ 尺书:信札。古时帝王下诏均以一尺一寸长的木板或绢帛作书写工具。所以后代书信也便以"尺一书"、"尺牍"(一尺长的木板)、"尺素"(一尺长的绢帛)或"尺书"等来称呼。 ⑱ 将与:带给、捎给。

孤儿行

【翻译】

　　孤儿生,孤儿生来命不好。

　　一生遭遇特别苦。

　　父母活着受爱抚,

　　乘着高车代行步,

　　赶着四马进又出。

　　父母一死,

　　兄嫂待我如奴仆,

　　叫我经商冒风露,

　　南到九江东齐鲁。

　　归来已经是岁暮,

　　不敢诉说一点苦。

　　头上虱子多,

　　面上堆尘土。

　　大哥叫办酒饭,

　　大嫂又叫把马匹来看护;

　　刚上堂屋忙不停,

　　又奔堂下当马伕。

　　天下孤儿我最苦,

　　泪水直淌如雨注!

　　天寒清早叫打水,

傍晚才得挑水回。
北风凛冽手冻裂，
光着双脚迈不开。
急急忙忙霜地踩，
霜地处处蒺藜埋。
拔去蒺藜断刺还在皮肉里，
心里越想越悲哀。
苦泪滴滴洒不完，
清涕连连落下来。
冬天夹袄未准备，
夏无单衣露脊背。
活在世上无欢乐，
不如早早死了去，
下到黄泉路，去把父母随！

春光荡漾春雨洒，
春雨洒遍春草发。
三月养蚕勤采桑，
六月农忙又收瓜。
推着瓜车声吱嘎，
精疲力尽急还家。
瓜车翻倒满地滚，

帮忙的人无几个，
大伙儿争着抢吃瓜。
"望你们吃瓜且把蒂留下：
瓜儿少了兄嫂必严查。
现在赶紧要回家，
兄嫂定要计较又责罚。"

尾声：
呵，家里恶骂又号呼，
真想写信诉苦，
寄给地下父母：
兄嫂同我难久处！

饮马长城窟行

　　本诗是思妇想念征夫和偶得书信后得到安慰的诗。梁萧统《文选》题为"乐府古辞"。《玉台新咏》题为蔡邕作。郭茂倩《乐府诗集》收在《相和歌辞》里，属《相和曲》。《文选》李善注："《水经注》曰：'余至长城，其下往往有泉窟，可饮马。古诗《饮马长城窟行》，信不虚也。'然长城蒙恬所筑也。言征戍之客，至于长城而饮其马，妇思之，故为《长城窟行》。"又五臣注《文选》云："长城，秦所筑，以备胡者。其下有泉窟，可以饮马。征人路出于此而伤悲矣。言天下征役，军戎未止，妇人思夫，故作是《行》。"足见"饮马"与"长城"已成为征戍生活和思妇、征夫相思的代称。全诗流宕曲折,起调急促,中间略缓,末又迫骤,把思妇、征夫那种两地相思、两心如一的思想感情表现得十分透彻。

青青河边草,绵绵思远道①。远道不可思②,宿昔梦见之③。梦见在我旁,忽觉在他乡。他乡各异县,展转不可见④。枯桑知天风⑤,海水知天寒⑥,入门各自媚⑦,谁肯相为言⑧!客从远方来,遗我双鲤鱼⑨。呼儿烹鲤鱼⑩,中有尺素书⑪。长跪读素书⑫,书中竟何如:上言加餐食⑬;下言长相忆⑭!

---

① 绵绵:绵延不断。双关语。既指青草的绵延不绝,也指相思的缠绵不绝。远道:指在远方的人。 ② 不可思:思而不得,无可奈何。 ③ 宿昔:同"夙夕",即昨夜。之:指所思的人。 ④ 展转:反复,指反复思量。 ⑤ 枯桑:喻夫。天风:喻孤栖之苦。 ⑥ 海水:喻自己。天寒:喻独宿之苦。连上句,枯桑、海水高下异处,喻夫妻分离。 ⑦ 入门:回家。媚:爱、悦。 ⑧ 言:慰问。 ⑨ 遗(wèi位):赠。双鲤鱼:指信。古代藏书信之函呈鱼形,以木作一底一盖,刻作鱼形,中藏信札,故称。 ⑩ 儿:童仆。烹:煮。这里是指开拆信函。 ⑪ 尺素书:见《孤儿行》注。 ⑫ 长跪:古人席地而坐,坐时双膝着地,坐在脚跟上;长跪则是伸直腰跪着,表敬意之态。 ⑬ 上:前面。餐食:一作"餐饭"。 ⑭ 下:后面。忆:思、情思。

【翻译】

青青的河边草触动肝肠,
草色连绵把人的思念引向远方。
思念远方的人啊,怎能见到?
昨夜在梦中见他的样儿一如既往。
梦中的他在我身旁,
忽然醒来才想到他仍在异乡。
他在异乡呵,和我各一方,
反复思念呵,见面的心愿难偿。
枯桑没叶该感到风儿难挡,
海水荡荡也应知寒气冰凉。
看别人回家团圆各自欢畅,
谁肯来说说话慰我愁肠!
客人遥遥来自远方,
送给我双鲤鱼把信带上,
叫童仆忙拆开鲤鱼信函,
便见有家书一幅在函中藏。
长跪捧信啊,细细来看,
信上究竟写什么呀,满怀希望。
前一段说:"多吃饭,把心宽。"
后一段说:"长相思,莫相忘!"

艳歌何尝行

本篇是晋乐所奏，本辞已经不传。见于《宋书·乐志》，在《乐府诗集》中属《相和歌辞·瑟调曲》。《玉台新咏》载古乐府《双白鹄》一篇，内容与本篇大同小异，但缺"念与君别离"以下八句。本篇的正曲分成四解（"解"是乐歌的段落，"一解"相当于"一章"）；"念与君别离"以下为"趋"（"趋"是正曲以外的部分，相当于"尾声"）；最后二句是乐工所加的套语，与正文意义无关。这是一首写夫妇离别的诗，前半部分采用比兴手法，写雌鹄中途抱病，与雄鹄生离；后半部分则由鹄的生别离转到正面写人的生别离，丈夫远行，妇病不能随，所以向临行前的丈夫倾吐衷曲。通篇写得情意深切,凄惋动人。

飞来双白鹄①,乃从西北来。十十五五,罗列成行。一解 妻卒被病②,行不能相随。五里一反顾,六里一徘徊。二解 "吾欲衔汝去,口噤不能开③。吾欲负汝去,毛羽何摧颓④。三解 乐哉新相知,忧来生别离。踌躇顾群侣⑤,泪下不自知⑥。"四解

"念与君离别,气结不能言。各各重自爱,远道归还难。妾当守空房,闭门下重关⑦。若生当相见,亡者会黄泉⑧。"今日乐相乐,延年万岁期。

【翻译】

空中白天鹅双双飞来,
它们来自那西北的方向。
十十成对,五五成双,
整整齐齐,排列成行。

有一只雌天鹅突然染病,

---

① 鹄(hú胡):天鹅。　② 卒(cù促):同"猝",突然。被:遭,染上。　③ 噤(jìn尽):口闭。　④ 摧颓:损毁。　⑤ 踌躇:即踌躇(chóu chú仇除):徘徊难行。　⑥ 以上八句拟作雄鹄的口气。　⑦ 关:门闩,门栓。　⑧ 以上八句拟作女子的口气。

眼见得再不能雄飞雌随。
雄天鹅只飞了几里啊,转头反顾,
又飞了几里啊,盘旋徘徊。

"我想要衔着你双双齐飞,
只是我口儿紧闭无法张开;
我想要背着你一起向前,
又怎奈毛羽毁伤身单力衰。

"快乐事要数那朋侣新交,
最悲伤莫过于生生别离。
望着前去的同伴我心中犹豫,
去也难、留也难泪落如雨。"

"一想到要和你离别分手,
气阻塞心悲酸有口难言。
你和我彼此要多多保重,
路迢迢怎知道啥时能还?
我在家一个人守着空房,
关上门再加上两道门栓。
若活着自然会重新聚首,

便死了一定相会在九泉！"

今朝大家都来欢乐一场，
延年益寿万岁康强。

白 头 吟

　　《宋书·乐志》录《白头吟》古辞五解,属大曲歌辞。《玉台新咏》载古乐府《皑如山上雪》只一首。《白头吟》与《皑如山上雪》两篇内容大体相同。郭茂倩《乐府诗集·相和歌辞·楚调曲》载《白头吟》歌辞二首,一首据《宋书》,一首则据《玉台新咏》。这是反映一位女子对爱情不专一的情人表示决绝的诗,表现了女子"愿得一心人"、追求真诚的爱情而不重钱物的高贵品质。传为葛洪所著的《西京杂记》曾说:"司马相如将聘茂陵人女为妾,卓文君作《白头吟》以自绝,相如乃止。"但《宋书·乐志》明说《白头吟》是"汉世街陌谣讴",可以肯定它是一首来自民间的作品。本诗用兴、用比,形成了全诗情远词婉的鲜明特色。

皑如山上雪①,皎若云间月②。闻君有两意③,故来相决绝④。今日斗酒会⑤,明日沟水头⑥。躞蹀御沟上⑦,沟水东西流⑧。

凄凄复凄凄⑨,嫁娶不须啼⑩;愿得一心人⑪,白头不相离。竹竿何嫋嫋⑫,鱼尾何筛筛⑬。男儿重意气⑭,何用钱刀为⑮!

【翻译】

高山上积着洁白的雪,

云空中挂着明亮的月。

---

① 皑(ái挨):霜雪的白色。 ② 皎:明洁。 ③ 两意:二心。 ④ 决绝:断绝友谊。 ⑤ 斗:盛酒之器。 ⑥ 沟:即御沟。环绕宫墙的渠水。 ⑦ 躞蹀(xiè dié懈牒):小步行走。御:旧时凡属帝王之物皆称为御。 ⑧ 东西流:偏义复词。这里只指东流。 ⑨ 凄凄:同"悽悽",悲伤的样子。 ⑩ 嫁娶:偏义复词,这里只指"嫁"言。 ⑪ 一心人:用情专一的人。 ⑫ 竹竿:钓竿。嫋嫋:柔长而轻摆的样子。 ⑬ 筛筛(shī shī施施):鱼跃掉尾之声。按古歌谣中常以钓鱼比求偶,此即其例。 ⑭ 意气:情义。 ⑮ 钱刀:古代钱币,有呈马刀形的叫刀钱,或称钱刀。为:语助辞。

听到你已经变了心,
所以跟你来决裂!
今天我们且会面饮酒,
明日我们在沟边分手。
我漫步在御沟边,
旧日的情爱就像沟水东流!
初嫁时曾止不住偷偷悲愁,
现在想何用那样啼哭心忧?
只要嫁得个永结同心的男子,
就能白头偕老欢爱永留!
钓鱼的长竿嫋嫋轻柔,
出水的鱼尾就还像在水里摆游。
呵!堂堂的男子要看重至诚的情义,
何必用金钱来做引诱!

梁 甫 吟

本篇见于《乐府诗集·相和歌辞·楚调曲》。据郭茂倩说:"梁甫,山名,在泰山下。"《乐府诗集》、吴兢《乐府古题要解》均以为《梁甫吟》是流传民间的葬歌。但据诗中为悼念田疆、古冶氏、公孙接三勇士而言,当是原由哀悼三勇士的悲曲而衍变为一般的葬歌。旧题本诗为诸葛亮所作,恐系有伪。

步出齐城门①,遥望荡阴里②。里中有三坟,累累正

---

① 齐:指山东临淄,为春秋时齐国都城。 ② 荡阴里:据《水经注》,在临淄东南。

相似①。问是谁家墓,田疆、古冶氏②。力能排南山③,文能绝地纪④。一朝被谗言⑤,二桃杀三士。谁能为此谋?国相齐晏子⑥。

【翻译】

拖着沉重的脚步默默走出临淄,
远远看见萧瑟死寂的荡阴里。
那里有三座坟墓并列一起,
形状大小都很相似。

请问这是谁长眠的墓地?
古时的公孙接、田疆、古冶氏。
呵,他们全都是力能推开大山的勇士,
文才也能够论尽天理人事。

---

① 累累:坟丘堆积、起伏高低之状。 ② 田疆、古冶氏:二人与公孙接都是齐景公时以勇力闻名的武士。后因得罪齐相晏子,晏子就用二桃让三位勇士计功食桃。三人先争功食桃,后又相悔,便相继自杀,达到了晏子除掉三人的目的。这就是"二桃杀三士"的故事。 ③ 排:推开。南山:齐境内的牛山,又名齐南山。 ④ 绝:毕、尽。地纪:即地纲,由地纲衍及天纲。"地纪"、"天纲",是指天地间事物的大道理。 ⑤ 被:蒙受。 ⑥ 国相:晏子所任官职。一作"相国"。晏子:名晏婴,善倾听民意,又善理财、任人,是齐的贤相。

谁想他们一朝被人暗算，
竟让二枚小小的桃子弄死了三个豪士。
谁能够策划这借桃杀人的奇计？
那是有名的齐国贤相晏子。

怨　歌　行

本篇见于梁萧统《文选》及《玉台新咏》；郭茂倩《乐府诗集》载入《相和歌辞·楚调曲》，都题为班婕妤作。婕妤一作倢伃，是汉武帝时所置女官名，也是妃嫔的称号。班婕妤(约前48—约前6)，西汉女文学家。楼烦(今山西朔州)人，为汉雁门郡楼烦班况之女，班固的祖姑。她少有才学，善诗工赋。成帝时被选入宫，立为婕妤。后因赵飞燕进谗失宠，遭际困顿，有《自悼赋》等抒其宫怨与苦闷。但《文选》李善注引《歌录》云《怨歌行》为"古辞"，班婕妤拟之；《玉台新咏》认为班作于失宠之时。因此本诗可能原为古辞，班婕妤别有拟作；亦可能本诗为班婕妤作,而原古辞已流失。现学术界一般认为此诗是乐府古辞而非班婕妤作。本诗以秋扇见弃喻封建社会中弃妇的痛苦命运,开后代宫怨诗的先河。后来的"婕妤怨"、"玉阶怨"等无不以"团扇"、"玉露"、"秋月"为特定意象,以抒写封建社会中妇女的不幸及人们对她们的同情。全诗辞旨清捷,文绮怨深,把封建社会中妇女的苦楚与哀愤写得较为确切。

新裂齐纨素①,鲜洁如霜雪,裁为合欢扇②,团团似明月③。出入君怀袖④,动摇微风发。常恐秋节至,凉飚夺炎热⑤,弃捐箧笥中⑥,恩情中道绝。

【翻译】
新裁齐绢叫人看了喜悦,
它洁白妍丽好比霜雪。
缝制成合欢扇,

---

① 裂:裁。纨素:均绢类,但纨比素更精美。齐纨素:齐地出产的丝绢最精美出色。 ② 合欢:一种对称的图案花纹,象征合欢、吉祥、幸福。合欢扇:绘制有合欢图案的扇子。 ③ 团团:圆圆。 ④ 君:你,即意中人。 ⑤ 飚(biāo 标):疾风。 ⑥ 箧、笥(sì 饲):长方形盛衣物的竹箱。

像轮浑圆浑圆的明月。
随你出入，随你身侧，
扇起微风，赶走闷热。
团扇呵，常常担心秋来的季节，
那时凉风会代替夏天的炎热！
用不着的团扇将被抛弃，扔进竹箱。
往日的恩情也就半路断绝。

伤 歌 行

　　本篇梁昭明太子《文选》、郭茂倩《乐府诗集》等作古辞;《乐府诗集》收入《杂曲歌辞》。只有徐陵的《玉台新咏》作魏明帝诗。这是一首女子望月不眠、独抒幽愤的诗。这种幽愤是女子爱情的挫折,婚姻的不幸,抑或婚后的被弃,并未明说,但读来自有一股郁抑之气。这首诗同《古诗十九首》的《明月何皎皎》相近,而悲愤较深。

　　昭昭素明月①,辉光烛我床②。忧人不能寐,耿耿夜

---

① 昭昭:明亮。明月:一作"月明"。　② 烛:动词。照射。

何长①!微风吹闺闼②,罗帷自飘扬。揽衣曳长带③,屣履下高堂④。东西安所之⑤,徘徊以彷徨。春鸟翻南飞⑥,翩翩独翱翔⑦。悲声命俦匹⑧,哀鸣伤我肠。感物怀所思,泣涕忽沾裳。伫立吐高吟⑨,舒愤诉穹苍⑩。

【翻译】

明月白皙亮堂堂,

朗朗清辉照我床。

愁人多思难入眠,

忧心不宁觉夜长。

微风穿内室,

罗帐轻飘扬。

披衣下床拖长带,

靸鞋缓步下高堂。

走东走西欲何往,

---

① 耿耿:心忧而不安的样子。 ② 闺闼(tà 挞):内室。闼:内门。 ③ 曳:牵引,拖。 ④ 屣(xǐ 喜)履:穿鞋而不拔上鞋跟。即今天"靸鞋"。 ⑤ 之:动词,到、往。 ⑥ 翻:鸟飞腾之状。 ⑦ 翩翩:往来飞翔的样子。翱翔:回旋飞翔。翼上下簸动为翱;翼平直不动而回飞叫翔。 ⑧ 命:呼唤。俦匹:伴侣。 ⑨ 高吟:朗吟。 ⑩ 穹苍:苍天。天形穹隆,天色青苍,故称。

久久徘徊意彷徨!
春鸟振翅向南飞,
来来去去独翱翔。
悲声唤伴侣,
哀鸣伤我肠。
触景生情更念心中人,
吞声暗泣涕泪沾衣裳!
久立高吟声琅琅,
抒愤诉情向天吐慨慷!

悲　　歌

本篇在《乐府诗集》中属《杂曲歌辞》类。写当时动乱社会中流落他乡者思念家园而又无家可归的痛苦，短短几句，却将这种愁苦的感情极意咏叹。"望远"本不可以代替回乡，现在却说"可以当归"，这是在无可奈何中发出的沉痛之语。末句"肠中车轮转"的比喻也用得新颖确当：既关合自己无法乘车回家，又形象地表达出那种愁怀万端、回环不绝的痛苦心情。

悲歌可以当泣①,远望可以当归。

思念故乡,郁郁累累②。

欲归家无人,欲渡河无船。

心思不能言,肠中车轮转。

【翻译】

唱一支哀哀的歌,

且用来当作我的哭泣;

痴痴地望着远方,

权当是回了一趟家乡。

思念故乡呵,

道不尽重重的愁思、深深的忧伤。

想要回家,家破人何在?

想要过河,无船空怅望。

心中的忧思向谁诉说呵,

忧思不绝就像车轮转愁肠!

---

① 当:代。 ② 郁郁累累:形容怀乡之情重重累积的样子。

上山采蘼芜

本诗始见于《玉台新咏》,指为"古诗";但《太平御览》引此诗作"古乐府"。《乐府诗集》未收。这是一首弃妇诗。在封建社会中,妇女的地位很低下,她们的命运往往决定于男子的一时好恶。在儒家经典《仪礼·丧服》中,有"出妻"之说,贾公彦疏列举了七种出妻的理由,成为封建时代休妻的借口。如不孝敬公婆、无子等。本篇中的女主人公就是这样的一个弃妇,全诗叙述她和前夫偶然相遇时的问答之辞,选择了一个巧妙的构思角度:不是正面写弃妇的痛苦,而是写那个"故夫"的念旧。当初是他抛弃了妻子另寻新欢;时间一长,转觉新不如旧。

这就既从反面说明了女主人公被弃的无辜,又把男子喜新厌旧的心理写得更深一层。

上山采蘼芜①,下山逢故夫。长跪问故夫:"新人复何如②?""新人虽言好,未若故人姝③。颜色类相似④,手爪不相如⑤。""新人从门入,故人从阁去⑥。""新人工织缣⑦,故人工织素⑧。织缣日一匹⑨,织素五丈余。将缣来比素,新人不如故。"

【翻译】

上山去采蘼芜草,
下山却遇负心郎。
直身跪地开口问:
"新娶之人又怎样?"
"新人虽说也不错,
和你相比比不上。
姿色容貌差不多,
手工不及你擅长。"

---

① 蘼芜:香草名。 ② 新人:指"故夫"后娶之妻。 ③ 故人:指弃妇。姝:好。 ④ 颜色:容貌。 ⑤ 手爪:指纺织等女工技巧。 ⑥ 阁(gé革):旁门,小门。 ⑦ 工:善于。缣(jiān肩):黄绢。 ⑧ 素:白绢。缣贱素贵。 ⑨ 匹:一匹四丈。

"你可忘：当日新人正门进，
旧人旁门逐出多凄凉！"
"新人善于织黄绢，
你织白绢更擅场。
黄绢一日织一匹，
白绢一日过五丈。
黄绢白绢两相比，
新人没有旧人强。"

焦仲卿妻 并序

本诗最早见于南朝陈代徐陵编的《玉台新咏》,题作《古诗为焦仲卿妻作》,作者为"无名人",诗前有小序,交代了故事发生的时代、地点、人物和主要内容。在《乐府诗集》中编入《杂曲歌辞》,题为《焦仲卿妻》。后人常用诗的首句题名,称为《孔雀东南飞》。关于本诗的写作年代,根据诗前小序,应是在汉末建安年间。但诗中出现了汉代以后的风俗和地名,如诗中有"新妇入青庐"句,据唐代段成式《酉阳杂俎》的记载,行婚礼时搭青布幔为帐屋(即"青庐")应是北朝时风俗;又诗中有"交、广市鲑珍"句,据《三国志·吴志》记载,到三国孙权黄武五年才开始置立广州,有人据此以为本诗是建安以后的作品。其实此诗本是民间创作,后来在其流传过程中,不免要经过不断修改增饰,从全诗的语言风格及所反映的内容看,仍应看作是汉末建安时的作品。

这首诗长达一千七百多字,它是汉代乐府叙事诗发展的最高峰,作品通过刘兰芝和焦仲卿爱情婚姻悲剧的详尽叙写,揭露了封建礼教的罪恶,而对仲卿夫妇的忠于爱情和以死抗争,则给予了赞扬和同情。这种爱情悲剧,在儒家纲常名教始终占统治地位的封建社会,具有极普遍的典型意义,所以千百年来引起了无数读者的感动和共鸣。在艺术上,作品成功地塑造了兰芝、仲卿、焦母、刘兄等各具鲜明个性特征的人物形象。叙事客观,繁简得宜,历历颇有章法;人物对话,情貌毕肖,一一各具声口;环境景物描写,用来烘托气氛,特别是运用了"以乐境写哀"的辩证艺术手法。此外,作品开头的托物起兴,中间的抒情性的穿插,结尾的浪漫主义色彩,这些也都显示了汉代乐府民歌的特色。

汉末建安中①,庐江府小吏焦仲卿妻刘氏②,为仲卿母所遣③,自誓不嫁。其家逼之,乃投水而死。仲卿闻之,亦自缢于庭树。时人伤之,为诗云尔。

孔雀东南飞,五里一徘徊④。"十三能织素,十四学裁衣,十五弹箜篌⑤,十六诵诗书。十七为君妇,心中常苦悲。君既为府吏,守节情不移⑥。鸡鸣入机织,夜夜不得息,三日断五匹⑦,大人故嫌迟⑧。非为织作迟,君家妇难为。妾不堪驱使,徒留无所施⑨。便可白公姥⑩,及时相遣归。"

府吏得闻之,堂上启阿母⑪:"儿已薄禄相⑫,幸复得

---

① 建安:汉献帝(刘协)年号,公元196年至219年。 ② 庐江:汉郡名,在今安徽境内。 ③ 遣:古代女子出嫁后,被夫家休弃回母家叫"遣"。 ④ 古代民歌描写夫妇离别常用双鸟起兴,可参看《艳歌何尝行》。 ⑤ 箜篌(kōng hóu 空侯):见《箜篌引》注,古弦乐器,体曲而长,二十三弦。 ⑥ 一本此下有"贱妾留空房,相见常日稀"二句。 ⑦ 断:把织成的布从机上截下。 ⑧ 大人:指焦仲卿的母亲。 ⑨ 施:用。 ⑩ 公姥(mǔ母):公婆。从全诗看,仲卿父亲已不在,所以公姥在这里是偏义复词,指婆母。 ⑪ 启:禀告。 ⑫ 禄:福。相:古人迷信相术,认为从一个人的相貌上可见出他的贫富贵贱。禄相:福相。薄禄相:薄于福相的省文,意思是,没有福相,也就是有的注家说的"穷相"。

此妇。结发同枕席①,黄泉共为友。共事二三年,始尔未为久。女行无偏斜,何意致不厚②?"阿母谓府吏:"何乃太区区③!此妇无礼节,举动自专由④。吾意久怀忿,汝岂得自由!东家有贤女,自名秦罗敷。可怜体无比⑤,阿母为汝求。便可速遣之,遣去慎莫留!"

府吏长跪告,伏惟启阿母⑥:"今若遣此妇,终老不复取⑦!"阿母得闻之,槌床便大怒⑧:"小子无所畏,何敢助妇语!吾已失恩义,会不相从许⑨!"

府吏默无声,再拜还入户。举言谓新妇⑩,哽咽不能语:"我自不驱卿⑪,逼迫有阿母。卿但暂还家,吾今且报府⑫。不久当归还,还必相迎取。以此下心意⑬,慎勿违吾语。"新妇谓府吏:"勿复重纷纭⑭!往昔初阳岁⑮,谢

---

① 结发:即束发,古时男子二十岁束发加冠,女子十五岁束发加笄,表示成年。 ② 意:料。不厚:不喜爱。 ③ 区区:固执,迂拘。 ④ 自专由:自作主张。 ⑤ 可怜:可爱。体:体态。 ⑥ 伏惟:匍匐而思念。这是古代对尊长讲话时表示恭敬的常用语。 ⑦ 取:同"娶"。 ⑧ 槌(chuí 垂):拍击。床:古时的一种坐具。 ⑨ 会:必定。从许:依从,允许。 ⑩ 举言:发言。新妇:等于说"媳妇",非专指新嫁娘。 ⑪ 卿:这里是仲卿对兰芝的爱称。 ⑫ 报:赴。 ⑬ 下心意:降下意气,忍受委屈的意思。 ⑭ 重纷纭:再找麻烦。 ⑮ 初阳岁:冬末春初的时候。

家来贵门。奉事循公姥①,进止敢自专?昼夜勤作息②,伶俜萦苦辛③,谓言无罪过,供养卒大恩。仍更被驱遣,何言复来还?妾有绣腰襦,葳蕤自生光④。红罗复斗帐⑤,四角垂香囊。箱帘六七十⑥,绿碧青丝绳。物物各自异,种种在其中。人贱物亦鄙,不足迎后人⑦。留待作遗施⑧,于今无会因。时时为安慰,久久莫相忘。"

鸡鸣外欲曙,新妇起严妆⑨。著我绣夹裙,事事四五通⑩。足下蹑丝履⑪,头上玳瑁光。腰若流纨素⑫,耳著明月珰。指如削葱根,口如含朱丹⑬。纤纤作细步,精妙世无双。上堂谢阿母,母听去不止⑭。"昔作女儿时,生小出野里,本自无教训,兼愧贵家子。受母钱帛多⑮,不堪母驱使。今日还家去,念母劳家里。"

---

① 奉事:行事。循:顺着。 ② 作息:操作和休息,这里是偏义复词,指操作。 ③ 伶俜(líng pīng 铃乒):等于说"联翩",连续不断的意思。 ④ 葳蕤(wēi ruí 威瑞阳平):草木茂盛的样子,这里形容衣服上的刺绣之美。 ⑤ 复斗帐:一种双层小帐,形如倒覆的斗。 ⑥ 帘:通"奁",镜匣。 ⑦ 后人:指仲卿将来再娶的新娘。 ⑧ 遗(wèi 畏)施:赠送、施与。 ⑨ 严妆:郑重地梳妆打扮。 ⑩ 通:遍。 ⑪ 蹑(niè 聂):踩,这里作"穿"讲。 ⑫ 腰若流纨素:是说束腰的纨素(精美的白绢),光彩如水波动荡。 ⑬ 朱丹:一种红色的宝石。 ⑭ 此句一作"阿母怨不止"。 ⑮ 钱帛:指聘礼。

却与小姑别①,泪落连珠子:"新妇初来时②,小姑始扶床;今日被驱遣,小姑如我长。勤心养公姥,好自相扶将。初七及下九③,嬉戏莫相忘。"出门登车去,涕落百余行。

府吏马在前,新妇车在后,隐隐何甸甸④,俱会大道口。下马入车中,低头共耳语:"誓不相隔卿,且暂还家去,吾今且赴府。不久当还归,誓天不相负。"新妇谓府吏:"感君区区怀⑤。君既若见录⑥,不久望君来。君当作磐石⑦,妾当作蒲苇⑧。蒲苇纫如丝⑨,磐石无转移。我有亲父兄⑩,性行暴如雷,恐不任我意,逆以煎我怀⑪。"举手长劳劳⑫,二情同依依。

入门上家堂,进退无颜仪。阿母大拊掌⑬:"不图子自归!十三教汝织,十四能裁衣,十五弹箜篌,十六知礼

---

① 却:退。 ② 一本此句后无"小姑始扶床;今日被驱遣"两句。 ③ 初七:指七夕(七月初七),妇女乞巧日。下九:古代以每月二十九日为上九,初九日为中九,十九日为下九。妇女常在下九日置酒集会,游戏玩耍,叫"阳会"。 ④ 隐:同"辚"。甸:同"轷"。隐隐、甸甸都是形容车声的象声词。 ⑤ 区区怀:诚挚相爱的心意。 ⑥ 录:记。见录:记着我。 ⑦ 磐石:大石。 ⑧ 蒲苇:水草。 ⑨ 纫:同"韧"。 ⑩ 父兄:这里是偏义复词,指兄。 ⑪ 逆:反对。 ⑫ 劳劳:忧伤的样子。 ⑬ 拊掌:拍手,表示惊讶。

仪,十七遣汝嫁,谓言无誓违①。汝今无罪过②,不迎而自归?"兰芝惭阿母:"儿实无罪过。"阿母大悲摧③。

还家十余日,县令遣媒来,云"有第三郎,窈窕世无双④。年始十八九,便言多令才⑤。"阿母谓阿女:"汝可去应之。"阿女含泪答:"兰芝初还时,府吏见丁宁,结誓不别离。今日违情义,恐此事非奇⑥。自可断来信⑦,徐徐更谓之。"阿母白媒人:"贫贱有此女,始适还家门,不堪吏人妇,岂合令郎君? 幸可广问讯,不得便相许。"

媒人去数日,寻遣丞请还⑧。说"有兰家女⑨,承籍有宦官⑩。"云"有第五郎,娇逸未有婚⑪,遣丞为媒人,主

---

① 誓:疑是"諐"(qiān 千)字之误,"諐"是古"愆"字,愆违:过失。 ② 今:这里有"若"、"如果"的意思。 ③ 悲摧:悲伤。 ④ 窈窕:容貌美好。 ⑤ 便(pián)言:有口才、善于辞令。令才:美才。 ⑥ 非奇:不佳,不妙。 ⑦ 断来信:回绝媒人。信:使者。 ⑧ 寻:不久。丞:县丞,官名,是县令的属吏。"寻遣丞请还"意思是说:不久县令因事派县丞去请示太守,县丞完成任务后又回到县里,向县令复命。 ⑨ 兰家女:姓兰的人家的女儿。一说"兰家女"等于说兰芝姑娘,但从上下文义看,似以第一说较顺妥。 ⑩ 承籍:继承先人的仕籍。宦官:官宦人家。以上二句是县丞向县令建议另向兰家求婚。这样便结束了县令向刘家求婚之事;下面另说太守也想向刘家求婚。 ⑪ 娇逸:娇美不凡。

簿通语言①。"直说"太守家,有此令郎君,既欲结大义②,故遣来贵门。"

阿母谢媒人:"女子先有誓,老姥岂敢言?"阿兄得闻之,怅然心中烦。举言谓阿妹:"作计何不量③！先嫁得府吏,后嫁得郎君,否泰如天地④,足以荣汝身。不嫁义郎体⑤,其往欲何云?"兰芝仰头答:"理实如兄言。谢家事夫婿,中道还兄门。处分适兄意,那得自任专?虽与府吏要⑥,渠会永无缘⑦。登即相许和⑧,便可作婚姻。"

媒人下床去,诺诺复尔尔⑨。还部白府君:"下官奉使命,言谈大有缘。"府君得闻之,心中大欢喜。视历复开书⑩,便利此月内,六合正相应⑪。"良吉三十日,今已

---

① 主簿:官名,郡、县中掌管文书簿籍的官员,这里应是指郡府中的主簿。以上四句是县丞告诉县令:已受太守的委托,为他的五公子向刘家求婚,这意见是郡府中主簿传达的。下面四句便是县丞到刘家说亲的话。 ② 结大义:指结为婚姻。 ③ 作计:打主意。不量:不思量。 ④ 否(pǐ 匹)泰:本是《易经》中的两个卦名,"否"表示坏运,"泰"表示好运。 ⑤ 义郎:对太守五公子的美称。 ⑥ 要:约。 ⑦ 渠:他,指仲卿。 ⑧ 登即:当即。和:答应。 ⑨ 诺诺:答应声。尔:如此。 ⑩ 视历、开书:等于说"开视历书",翻查历书,选择吉日。 ⑪ 六合:指月建与日辰相合,即子与丑合,寅与亥合,卯与戌合,辰与酉合,巳与申合,午与未合。古人迷信,认为结婚必须选择六合相应的日子。

二十七,卿可去成婚。"

交语速装束①,络绎如浮云。青雀白鹄舫②,四角龙子幡③,婀娜随风转。金车玉作轮,踯躅青骢马④,流苏金镂鞍⑤。赍钱三百万⑥,皆用青丝穿。杂彩三百匹,交、广市鲑珍⑦。从人四五百,郁郁登郡门。

阿母谓阿女:"适得府君书,明日来迎汝。何不作衣裳?莫令事不举!"阿女默无声,手巾掩口啼,泪落便如泻。移我琉璃榻⑧,出置前窗下。左手持刀尺,右手执绫罗。朝成绣夹裙,晚成单罗衫。晻晻日欲暝⑨,愁思出门啼。

府吏闻此变,因求假暂归。未至二三里,摧藏马悲哀⑩。新妇识马声,蹑履相逢迎。怅然遥相望,知是故人来。举手拍马鞍,嗟叹使心伤。"自君别我后,人事不可

---

① 交语:交相传语。装束:指赶快筹办婚礼所用的东西。② 青雀白鹄(hú 胡)舫:船头画有青雀和白鹄的船。 ③ 龙子幡(fān 番):画有龙形的旗。 ④ 踯躅(zhí zhú 直竹):缓步前进。青骢(cōng 匆)马:毛色青白夹杂的马。 ⑤ 流苏:用彩丝或羽毛做成的下垂的缨子。 ⑥ 赍(jī 基):付,送。⑦ 交:交州。汉郡名,今广东、广西等地。广:广州。今广东本属汉交州,三国吴时分出。市:买。鲑(xié 协)珍:泛指山珍海味。 ⑧ 琉璃榻:镶嵌着琉璃的榻。榻:坐具。 ⑨ 晻晻:日落昏暗的样子。暝:暗。 ⑩ 摧藏:疑是"悽怆"的假借字。

量①。果不如先愿，又非君所详。我有亲父母②，逼迫兼弟兄。以我应他人，君还何所望！"府吏谓新妇："贺卿得高迁！磐石方且厚，可以卒千年③；蒲苇一时纫，便作旦夕间。卿当日胜贵④，吾独向黄泉。"

新妇谓府吏："何意出此言！同是被逼迫，君尔妾亦然⑤。黄泉下相见，勿违今日言！"执手分道去，各各还家门。生人作死别，恨恨那可论！念与世间辞，千万不复全⑥。

府吏还家去，上堂拜阿母："今日大风寒，寒风摧树木，严霜结庭兰。儿今日冥冥⑦，令母在后单。故作不良计⑧，勿复怨鬼神！命如南山石，四体康且直⑨。"阿母得闻之，零泪应声落："汝是大家子，仕宦于台阁⑩。慎勿为妇死，贵贱情何薄？东家有贤女，窈窕艳城郭⑪。阿母为汝求，便复在旦夕。"府吏再拜还，长叹空房中，作计乃尔

---

① 量：料。 ② 父母：这里是偏义复词，指母。下文的"弟兄"也是偏义复词，指兄。 ③ 卒：终。 ④ 日胜贵：一天比一天富贵。 ⑤ 尔、然：都是"如此"、"这样"的意思。 ⑥ 全：保全。 ⑦ 日冥冥：黄昏日暮，这里用来比喻自己的生命就要结束。 ⑧ 故：故意。不良计：不好的打算，指自杀。 ⑨ 四体：四肢。直：舒坦、顺适。 ⑩ 台阁：指尚书台，尚书是汉代宫中掌管机要文书的官。 ⑪ 艳城郭：全城中最为美艳。

立①。转头向户里,渐见愁煎迫。

其日牛马嘶②,新妇入青庐③。奄奄黄昏后④,寂寂人定初⑤。"我命绝今日,魂去尸长留。"揽裙脱丝履,举身赴清池。府吏闻此事,心知长别离。徘徊庭树下,自挂东南枝。

两家求合葬,合葬华山傍⑥。东西植松柏,左右种梧桐,枝枝相覆盖,叶叶相交通⑦。中有双飞鸟,自名为鸳鸯,仰头相向鸣,夜夜达五更。行人驻足听,寡妇起彷徨。多谢后世人⑧,戒之慎勿忘⑨!

【翻译】

汉末建安年间,庐江太守府小吏焦仲卿的妻子刘氏,被仲卿的母亲休弃回娘家,发誓再不嫁人。母家逼迫她再嫁,她便投水而死。仲卿听到后,也在院中的一棵树上吊死了。当时的人们很同情他们,作了这首诗。

---

① 作计:指自杀的打算。乃尔:就这样。立:决定。
② 牛马嘶:形容迎娶之日车马盈门的热闹景象。 ③ 青庐:用青布幔搭成的帐屋,行婚礼用。 ④ 奄奄:同"晻晻",昏暗。
⑤ 人定初:指夜深人初静的时候。 ⑥ 华山:应是庐江郡内的一座小山,今不可考。 ⑦ 交通:互相连接。 ⑧ 谢:告。
⑨ 以此事为鉴戒。

孔雀展翅向东南飞行，
飞了五六里便徘徊顾盼。
"十三岁能织白色丝绢，
十四岁学会裁剪衣衫，
十五岁能够弹奏箜篌，
十六岁又把诗书诵念。
十七岁作了你的媳妇，
心中常充满悲苦辛酸。
你既在太守府作小吏，
忠于职守精神不分散。
我每日鸡叫就上机织布，
到夜晚也不能歇息安眠。
三天中便织得五匹布帛，
婆婆她却故意嫌我太慢。
嫌我慢哪里是她的真心，
做你家媳妇真是太难。
我实在受不了这般驱遣，
再留在这家中已是徒然。
你现在就可去禀告婆婆，
趁早把我遣回母家就算了断。"
府吏听了妻子这番话语，
走上堂来禀告母亲：

"儿子的命相本来就不好，
娶了这媳妇已十分庆幸。
自成年我二人结成夫妻，
到黄泉也还要形影不分。
共同生活不过两三年，
刚刚开始没多长光阴。
媳妇的行为没有差错，
怎料母亲会嫌弃厌憎。"
阿母开口对府吏说道：
"你怎么这样固执愚笨！
这女人全然没有礼节教养，
一举一动独断专行。
我对她早已心中有气，
你怎敢自己就作决定！
东邻有个贤淑的姑娘，
秦罗敷便是她的芳名。
体态动人无比可爱，
阿母为你托媒下聘。
赶快把她打发回家，
赶走她再不要迟疑不定。"
府吏长跪苦哀求，
毕恭毕敬禀母亲：

"如果把她休掉，
我到死也不另娶他人！"
阿母听了儿子的话，
捶打着床发雷霆：
"你这小子真胆大，
胆敢帮着媳妇顶撞老身！
我对她已经恩绝义断，
你的要求我决不答应！"
府吏听罢默默无语，
行过礼回到自己房中。
他想把母亲的话告诉妻子，
未出声却已经哽住喉咙。
"我的本意绝不会赶你回家，
是母亲逼迫我把你遣送。
你暂且回家稍稍等待，
我先到庐江府应差奉公。
过不久我便从府里回还，
回来后必把你接到家中。
你务必平心静气，
切不可辜负我的一片苦衷。"
新妇对府吏发话：
"再不要自找麻烦！

想那年冬将尽阳气初动，
离别家门跨进了贵府庭院。
做事情总顺着婆婆心意，
进退举止哪敢自作打算？
从白天到黑夜辛勤操劳，
一件件辛苦事接连不断。
自以为并无过错，
一心一意报答婆婆的恩典。
就这样还是被驱赶出门，
又怎么说得上接我回还？
我有那绣花的短袄一件，
锦绣袄颜色鲜艳光彩闪闪；
还有那红纱罗双层斗帐，
四角里挂香袋芬芳飘散。
大衣箱小物匣六七十只，
都用了青丝绳绑扎捆拴。
箱内的物件各各不同，
我用的种种东西都在里面。
人轻贱东西也不会珍贵，
不配给再娶的新人赏玩。
留下来且让你随意送人，
从今后再没有见面的机缘。

你天天睹旧物也是一种安慰，
天长地久也莫忘我对你的爱恋。"
公鸡叫天将破晓，
新妇起床精心打扮。
穿上那条绣花的夹裙，
每件事都要反复再三。
脚下穿着轻便的丝鞋，
熠熠闪光的是头上的玳瑁簪。
束腰的白绢水波荡漾，
耳边戴着明月珠的耳环。
手指像削尖的葱根，
口唇红艳恰似含着朱丹。
步履轻盈细碎，
世上无双，姿态婵娟。
堂前拜别婆婆，
婆婆听任离去不留挽。
"我从小生长在荒僻的乡间，
本来就秉性愚顽。
嫁到这豪门贵族，
实在是贵家子的羞惭。
出嫁时受婆婆很多彩礼，
却不配受您的驱遣使唤。

今日里我就要回到娘家，
念婆婆今后要操劳添烦。"
退出后又和小姑道别，
未开口已是珠泪涟涟：
"兰芝我刚来的时候，
小姑你还要扶着床沿；
今日我被赶出焦家门，
小姑你已长得和我齐肩。
你定要勤快尽心侍奉婆婆，
也要好好把自己照管。
七巧节和下九的阳会，
切莫忘姑嫂嬉戏情一片。"
说罢出门上车去，
泪水一串接一串。
府吏的马儿走在头里，
新妇的车子后面相随。
车轱辘转动吱扭扭地响，
车儿马儿在路口会齐。
府吏下马进入车中，
低下头来轻轻地耳语：
"我决不会与你断绝情义。
你暂且回到自己家中，

我也到府中把公事料理。
不久我就回来接你,
我对天发誓决不相背离。"
新妇也对府吏说道:
"感谢你一片深挚的爱意。
既然你把我记在心里,
盼望你不久来接我回去。
你是岸边屹立的磐石,
我便是蒲苇和你相依。
蒲苇能像丝一样柔韧,
也希望磐石牢固不移。
只是我家中那位兄长,
性子像雷霆一样暴戾。
只怕他不听凭我的意愿,
坚决反对使我愁煎胸臆。"
挥手告别呵心碎肠断,
依依留恋呵难舍难离。
进入了家门来到堂前,
脚步迟疑感到无脸见人。
母亲见了她拍掌惊呼:
"没有想到你自己会回到家门!
十三岁教你纺纱织布,

十四岁你就能裁衣缝纫，
十五岁学会了弹奏箜篌，
十六岁学得礼仪周正，
十七岁送你出嫁成亲，
只道是不会有过失发生。
如果你真的没啥差错，
怎么会不等迎接就回到家门?"
听母亲这般数说，
兰芝万分羞惭。
她只能低低哭诉：
"儿确实没有罪愆!"
阿母听了悲痛难言。
兰芝回家十多天，
县令派来了媒人。
说"有县令的三公子，
相貌英俊世难寻。
年龄不过十八九，
善于言辞才华超群。"
阿母进屋对女儿道：
"你可自己去给他个回音。"
女儿含泪回答道：
"兰芝将要回家时，

仲卿对我再三叮咛，
发下誓言永远不离分。
现在要背弃焦郎的情和义，
只怕这不是件好事情。
还是先把那媒人来谢绝，
以后的事慢慢再谈论。"
阿母出来告诉媒人：
"我们这孩子出身贫贱，
嫁出不久便回了家门。
既然不配做吏人妻，
又怎敢高攀县令的郎君？
希望你们还是多方去打听，
这事我不能马上就答应。"
媒人离开没有几天，
奉命去郡府的县丞回还，
告诉县令："有个兰家女，
世代为官宦。"
又说："太守有个五公子，
尚未婚娶俊美非凡。
让我为媒去说亲，
——这是主簿向我传达的意见。"
县丞到刘家，开门便见山：

"太守家中有位公子,
想和你家缔结婚姻,
特派我到府上说媒牵线。"
阿母谢绝媒人:
"小女有言在先,
老婆子怎好对她开言?"
兰芝的兄长听得此言,
怒气冲冲,很不耐烦,
开口对阿妹:
"你考虑问题,怎么不仔细打算!
先嫁个府中的小吏,
再嫁太守的郎君,
好和差天上地下,
一生荣华富贵说不完。
太守公子不愿嫁,
你往后打算怎么办?"
兰芝抬头来回答:
"道理确实如兄言。
辞别家人去侍奉丈夫,
半路上又返回兄长家院。
怎样处理听凭你决定,
哪里敢自作打算?

我虽与仲卿结下誓约,
再与他相会只怕永无机缘。
马上就可以答应这门亲事,
婚礼也可以立刻操办。"
媒人起身辞别离去,
连称"好,好,就照此办理"。
回到衙门禀报太守:
"下官奉命前往刘家,
三言两语,大有缘分。"
太守听了媒人的回报,
心中大大欢喜。
查看了皇历,又翻婚嫁书,
本月内结婚就很相宜,
六合相配非常吉利。
"三十日是吉日良辰,
现在已到了二十七,
你可快快去准备婚礼。"
传话各处立即筹办物品,
浮云般的人群往来络绎。
一艘艘的青雀白鹄舫,
四角挂着画龙的幡旗,
迎着微风宛转飘举。

黄金的车儿白玉作轮,

青骢马儿步慢移,

马鞍上的金雕镂流苏低垂。

迎亲的聘金三百万,

钱儿都用青丝穿系。

各色的彩缎三百匹,

从交州、广州还买来山海珍奇。

随从的人四五百,

浩浩荡荡在府门齐集。

阿母告诉女儿说:

"刚才得到太守的信,

明日便要来迎亲。

何不赶快做衣裳?

不要到时候事情办不成!"

兰芝听后默默无语,

手帕儿掩口,泣不成声,

泪珠儿一串串如雨倾。

移来琉璃榻,

放在窗前阳光里。

左手拿着刀尺,

右手拿着罗绮。

早晨做好了绣夹裙,

晚上又做好单罗衣。
昏蒙蒙夜幕降临,
抱着满怀哀愁出门悲啼。
仲卿听到这个变故,
请假回来探问。
离兰芝家还有二三里,
心中悽怆连马也悲鸣。
新妇熟悉那马的叫声,
放轻了脚步上前相迎。
凝望着远处心中怅惘,
知道到来的正是仲卿。
兰芝举手拍打着马鞍,
长吁短叹真让人伤心。
"自从你上次离我而去,
事情的发展难以料想。
早先的愿望果然不能实现,
仓猝间你难以尽知其详。
家中有母亲作主再嫁,
紧催逼还有那暴躁的兄长。
把我许给了别的人家,
你回来还有什么指望!"
仲卿开口对兰芝说道:

"恭贺你高攀高升！
磐石方正而且坚厚，
千年万年也不会变更，
蒲苇只是一时坚韧，
早晚间便出了事情。
从此你一天天富贵荣华，
我只好独个儿向黄泉饮恨。"
新妇听罢谓府吏：
"谁想你说出这番言论！
我俩都是受人逼迫，
你这样我也是这般情形。
让我们九泉之下再相会，
不要忘记了今天的约定。"
两人握手作死别，
各各回到自己的家门。
活人却作临死的诀别，
悲恨的心情怎能形容！
心里决定和这人间告别，
再也不想隐忍偷生。
仲卿回到自己家中，
走上堂来拜见阿母：
"今日的大风彻骨寒冷，

寒风凛冽吹折了树木，
庭中的兰草浓霜满布。
孩儿如今已日暮途穷，
留下母亲伶仃孤苦。
这是我有意寻此短见，
不要把鬼神恨怒。
愿母亲寿比南山坚石。
身体康强四肢安舒。"
阿母听得这番话，
眼泪随声往下滴：
"你是名门大家好子弟，
先世入仕台阁有根基。
千万别为那女人去死，
你和她贵贱不同怎算薄情意？
东邻家有个贤淑女，
全城中数她最美丽。
阿母替你托媒去求婚，
早晚便能办舒齐。"
府吏再拜回房中，
空房之中长叹息，
就这样最后打定了主意。
回头看看屋里的母亲，

仲卿心中越来越受愁思的催逼。
这一天热热闹闹车马盈门，
新妇进入了成婚的喜棚。
在天色阴暗的黄昏以后，
夜渐深沉人声初静。
此时兰芝走出喜棚，决心自沉。
"今天是我绝命的日子，
魂儿离去，只有尸体长存。"
她撩起裙子脱丝鞋，
纵身跳进了清池中。
府吏听到这个消息，
知道这是永久的离分。
他在庭中树下，久久徘徊，
终于在东南的枝头自缢亡身。
两家都提出要求合葬，
于是合葬在华山之旁。
东西种上常青的松柏，
梧桐树植在左右两旁。
枝枝叶叶相覆盖，
叶叶枝枝结连长。
中间有鸟双双飞，
它的本名叫鸳鸯。

仰起头来相对鸣，
每夜直叫到天亮。
过路的行人止步听，
丧偶的女子徘徊又神伤。
殷勤告诉后世人，
以此为戒，莫遗忘！

枯鱼过河泣

本篇《乐府诗集》收入《杂曲歌辞》。这是一首寓言诗,全诗以鱼拟人,以自身的遭祸忠告志同道合之士必须谨慎行事;这也是当时现实中用法严酷、世途险恶的寓言性反映。诗末二句更作奇想,使这首诗的寓意更加深刻。

枯鱼过河泣①,何时悔复及②!
作书与鲂鱮③,相教慎出入④。

---

① 枯鱼:犹干鱼,断水之鱼。 ② 何时:曾几何时。悔复及:追悔不及。 ③ 鲂(fáng 防):鱼名,即鳊鱼。鱮(xù 叙):鱼名,即鲢鱼。 ④ 相教:互相告诫。

【翻译】

　　干鱼过河哭得伤心,

　　曾几何时已来不及悔恨!

　　写信告诉鳊鱼和鲢鱼,

　　"大家出入游动要格外谨慎!"

十五从军征

本诗见于郭茂倩《乐府诗集·横吹曲辞·梁鼓角横吹曲》,题名《紫骝马歌辞》。原诗在"十五从军征"上尚有四句,即"高高山头树,风吹叶落去,一去数千里,何当还故处。"但郭茂倩在此诗解题中引《古今乐录》说:"'十五从军征'以下是古诗。"现在学术界一般都把这首诗视为古诗。全诗通过一位老年士兵十五从军、八十始归的凄苦景况,暴露了封建社会中不合理的兵役制给普通人民带来家破人亡、受尽折磨的惨痛现实。这首诗对杜甫的名篇《无家别》有显著影响。

十五从军征,八十始得归①。道逢乡里人:"家中有阿谁②?""遥看是君家,松柏冢累累③。"兔从狗窦入④,雉从梁上飞⑤,中庭生旅谷⑥,井上生旅葵⑦。舂谷持作饭⑧,采葵持作羹⑨。羹饭一时熟,不知贻阿谁⑩。出门东向看,泪落沾我衣⑪。

【翻译】

少小十五戍边行,

八十白头归家门。

路逢乡邻急探问:

"我家还有啥亲人?"

"遥看是你家,

松柏杂荒坟!"

野兔正从狗洞迈,

锦鸡梁上飞徘徊,

庭中野谷已结穗,

野葵爬满井周围。

---

① 始:方才。　② 阿谁:谁。阿:语助词,无义。　③ 冢(zhǒng肿):坟。累累:重重叠叠。　④ 窦:洞。　⑤ 雉(zhì智):锦鸡,俗呼野鸡。　⑥ 旅:野生。　⑦ 葵:葵菜,也叫冬葵,嫩叶可食。　⑧ 舂(chōng充):把谷类的皮捣掉。　⑨ 羹:汤。　⑩ 贻:赠,送。　⑪ 沾:湿。

舂捣野谷把饭煮，
做汤随意摘野葵。
汤饭很快便做好，
端在手里送给谁？
出门迷茫向东看，
泪湿衣衫心如灰！

陇头歌辞二首

《陇头歌辞二首》见于辛氏著《三秦记·秦川记》。现大部分学者都认定《三秦记》一书系汉人所著。《陇头歌》本是汉《横吹曲》题,古辞已亡。郭茂倩《乐府诗集》收《陇头歌》作三首,改属《梁鼓角横吹曲》,其源本出魏晋乐府。明、清以来,说者都以为《乐府诗集》所收三首应是汉魏旧辞,而辞与《三秦记》稍异。诗写役人行役的苦辛及其思乡之情,苍茫中透出悲凉之气。

陇头流水①，分离四下②。念吾行役③，飘然旷野④。登高远望，涕零双堕⑤。

陇头流水，鸣声呜咽⑥。遥望秦川⑦，肝肠断绝⑧。

【翻译】

陇头流水水悠悠，
东西南北四下流。
想我役人苦未休，
辗转荒野日夜走。
登高望一望远方呵，
止不住涕泪交流！

---

① 陇头：陇山之顶。陇头即陇山，亦名陇坂、陇坻、陇首，在今陕西陇县至甘肃平凉一带。山势险峭，盘曲迂回。陇头流水：据《三秦记》说，陇山有险坡九回百折，经七天方可翻越此坡。至陇山巅有清水四下流注，故名"陇头水"。流：《太平御览》五一五卷引《周地图记》作"泉"。 ② 分离：山水淋漓四下的样子。分：《太平御览》五一五卷引《周地图记》作"流"。四：《乐府诗集》作"山"。 ③ 行役：因服役及公务在外跋涉。吾：一作"我"。行役，《乐府诗集》作"一身"。 ④ 飘然：如蓬草遇风飘转。旷野：空阔的原野。 ⑤ 堕：下坠。《乐府诗集》无此二句。 ⑥ 呜咽：悲哀抽泣之状。 ⑦ 秦川：指陇山东到函谷关一带地方，即今陕西渭水一带。陇山高险，秦川平夷；陇山在西，秦川在东。安宁之家归不得，却向绝路险途而行，故而肝肠断绝。 ⑧ 肝肠：《乐府诗集》作"心肝"。

陇头水流伤心色,
呜咽声声心欲裂。
回头遥望秦川地,
肝肠肺腑寸寸折!

桓灵时童谣

这首歌谣见于《抱朴子·审举篇》，或题作《灵献时人语》，或作《时人为贡举语》，或作《桓灵时童谣》。东汉时有"举谣言"之制。《后汉书·刘陶传》说："光和（灵帝）五年（182），诏公卿以谣言举刺史、二千石为民蠹害者。"注云："谣言谓听百姓风谣善恶而黜陟之也。"也就是说以歌谣议政、考核官员、升降官员。这在《后汉书·蔡邕传》、《范滂传》、《循吏传序》、《谯玄传》等篇中都有记载。本篇是讽刺选举制的"风谣"。汉时选举科目众多，推举提升的本应是有特异才行的人材。但至东汉末桓帝（刘志）、灵帝（刘宏）、献帝（刘协）之世，宦官用事，群奸专权,上则滥选,下则妄举;人们痛恨之极,用夸张的语言作了一针见血的讽刺。它痛快淋漓,爱憎分明,是一首犀利的政治讽刺诗。

举秀才①,不知书②。察孝廉③,父别居④。寒素清白浊如泥⑤,高第良将怯如鸡⑥。

【翻译】

举秀才,举秀才,

秀才字都认不来。

推孝廉,推孝廉,

父子分居翻了脸。

说什么家世清贫人清白,

---

① 秀才:汉选举科目名。东汉避刘秀讳,"秀才"改称"茂才"或"茂材异等"。 ② 书:认字、写字。 ③ 察:杨慎《丹铅杂录》引作"举"。孝廉:汉选举科目名。"孝"、"廉"是异科。孝指善待父母;廉指廉洁不贪。习称为"举孝察廉"。东汉"孝"、"廉"并为一科。据《后汉书》,"举孝察廉"均作"举至孝"。故此处"举孝廉"应为偏义复词,即"举至孝",下文只说"父别居"而不及廉洁可证。 ④ 别:分。 ⑤ 寒素:家世清贫。 ⑥ 第:等第。高第:指考试、考绩列入优等的人才。鸡:一作"黽",蛙。《全唐文》三百七十四卷张琦《长才广度策》引作"龟",则"黽"为"龜"之形误。作"龟"是,译文从此。

原来浊臭如泥块。
"高第"赫赫称良将，
怕死如龟不争强。

刺巴郡郡守诗

本诗见于《华阳国志》卷一《巴志》。又见于《鸣沙石室古籍丛残丛书》残卷《刺史门·卢鹊条》、《鸣沙石室古籍丛残略出金簋县令·子男之篇·第二十四·庭鹊喧条》。巴郡,秦汉郡名,地约今四川省境。郡守,官名,一郡之长。东汉桓帝时代,有巴郡郡守贪财重赋,因此民众编了这首诗予以深刻讽刺;同时也反映了在横征暴敛压榨下的劳动人民极端困苦的处境。

狗吠何喧喧①,有吏来在门。
披衣出门应,府记欲得钱②。
语穷乞请期③,吏怒反见尤④。
旋步顾家中⑤,家中无可为。
思往从邻贷⑥,邻人已言匮⑦。
钱钱何难得,令我独憔悴⑧。

【翻译】

狗儿"汪汪"叫连天,
府吏来到大门前。
披衣开门忙支应,
吏出文书想要钱。
家贫无奈,请把期放宽,
谁知府吏一听反而变了脸!
走回家中看又看,
并无一物可抵钱。
想向邻居借一点,

---

① 喧喧:声音混杂的样子。 ② 府记:官府宣示命令的文书。 ③ 乞请期:乞求宽限时期。 ④ 见尤:受责怪。 ⑤ 旋:还、回。 ⑥ 贷:借。 ⑦ 匮:乏、缺。 ⑧ 憔悴:脸色不好。这里是愁急的意思。

邻居早说缺衣少食更无钱。
钱呵钱,想要得到多么难,
叫我独自伤悲受熬煎。

垓 下 歌

项 羽

本篇始见于《史记·项羽本纪》。郭茂倩《乐府诗集》题作《力拔山兮》。项籍（前232—前202），字羽，下相（今江苏宿迁西）人。秦末起兵反对暴秦著名领袖之一。巨鹿一战，他摧毁秦军主力，名冠诸侯。灭秦后，自立为西楚霸王。楚、汉相争中，最后被刘邦围困于垓下（今安徽灵壁东南），兵尽援绝，夜闻汉军四面皆楚歌，以为楚地尽失，大势已去，便起饮军帐，对宠姬虞姬慷慨悲歌，后人即称此悲歌为《垓下歌》。全诗写出了项羽英雄末路的悲壮情韵。

力拔山兮气盖世①,时不利兮骓不逝②,骓不逝兮可奈何③,虞兮虞兮奈若何④?

【翻译】
　　力拔大山呵豪气盖四海,
　　时运不利呵骏马力衰,
　　骏马力衰呵可怎么办?
　　虞姬虞姬呵把你怎安排!

---

① 盖:压倒。 ② 骓(zhuī 追):一种青白杂色的骏马。逝:往,向前行进。 ③ 奈何:怎么办? ④ 若:你,指虞姬。

大 风 歌

刘 邦

本篇始见于《史记·高祖本纪》。刘邦(前259—前195),字季,沛(今江苏丰县)人,曾任亭长,为秦末义军领袖之一。前206年,率起义军进入咸阳,被项羽封为汉王。前202年,灭项羽,统一全国,建立汉王朝。前195年,刘邦在平定英布叛乱后回沛,与父老子弟饮酒欢聚。酒酣击筑自歌,就是这首《大风歌》(《史记·乐书》称《三侯章》)。《大风歌》气象恢宏,情辞慷慨。

大风起兮云飞扬①，威加海内兮归故乡②。安得猛士兮守四方？

【翻译】
　　大风突起呵烟云飞扬，
　　威加天下呵荣归故乡。
　　怎得猛将呵镇守四方！

---

① 风起云扬：喻农民起义群雄争霸。　② 海内：四海之内，指全国。

安世房中歌

唐山夫人

《汉书·礼乐志》载周有房中乐,秦时改名为寿人。房中乐是取乐其所生,礼不忘本之意。汉高祖刘邦喜楚声,所以汉房中乐也是楚声。至汉惠帝二年(前193),曾使乐府令夏侯宽备箫管,改房中乐为安世乐。作者唐山夫人,为汉高祖刘邦姬妃,余不可考。《安世房中乐》共十七章,这里选的是第六章,宣扬民贵、崇德的思想。

大海荡荡水所归①,高贤愉愉民所怀②。大山崔③,

---

① 荡荡:广阔无边的样子。 ② 高贤:有崇高品德的贤人。愉愉:和爱的样子。 ③ 崔:崔嵬,形容大山高峻的样子。

百卉殖①。民何贵②？贵有德。

【翻译】

　　大海浩瀚众水齐归，
　　高贤仁爱人人感怀。
　　大山矗立高耸巍巍，
　　百草繁殖争吐芳菲。
　　天下人心看重什么？
　　百姓都说仁德可贵。

---

① 百卉：百草，泛指万物。殖：生长、繁茂。　② 贵：崇尚。

春　　歌

戚夫人

《春歌》,一名《永巷歌》。本篇首见于《汉书·外戚传》,后收入郭茂倩《乐府诗集》、《太平御览》及冯维敏《古诗纪》。戚夫人,定陶(今山东定陶)人,是汉高祖刘邦的姬妃,生赵隐王如意,如意为刘邦所宠爱,几立为太子。惠帝王,吕雉为皇太后,戚夫人被囚之永巷(汉宫中的长巷,是幽禁妃嫔、宫女的地方),髡钳(剃发以铁圈束颈的刑罚)为奴,使穿囚衣舂米。戚夫人便作此歌,且舂且唱,吕后闻之大怒,使人杀赵王如意,并断戚夫人手脚,挖目薰耳,饮以哑药,使居窟室中,称之为"人彘"。这首歌揭露了封建王朝宫闱的黑幕,反映了宫女乃至后妃的悲苦生活。歌辞凄切，情绪愤郁。愤郁处，句短声促；凄切处，句长声沰。读之令人寒心扼腕。

子为王①，母为虏②，终日舂薄莫③，常与死为伍④。相隔三千里，当谁使告女⑤?

【翻译】

儿子封王在赵地，
母亲受刑做奴婢，
整天舂米到日落，
常与死神在一起！
母子相隔三千里，
谁送音信告诉你？

---

① 子：戚夫人之子赵王如意。 ② 虏：奴隶。指戚夫人髡钳为奴婢。 ③ 终日：整日。薄：迫、近、到。莫：即"暮"字。薄暮：傍晚、接近日落。 ④ 伍：邻。 ⑤ 当谁使告女：即"当使谁告女"。女：汝，你，指赵王如意。

悲 愁 歌

刘细君

本篇见于《汉书·西域传下》。郭茂倩《乐府诗集》录入《杂歌谣辞》二,题作《乌孙公主歌》。刘细君,西汉沛人,江都王刘建之女。元封中(前110—前105),武帝为联合乌孙国(今新疆维吾尔自治区温宿以北、伊宁以南地区)抗击匈奴,以细君为公主,远嫁给乌孙国王昆莫;后世称之为乌孙公主。因昆莫垂老,言语不通,水土不服,细君悲愁,乃以骚体作《悲愁歌》,抒写她远嫁异域的哀伤和对故乡的思念、亲人的怀想。

吾家嫁我兮天一方①,远托异国兮乌孙王②。
穹庐为室兮旃为墙③,以肉为食兮酪为浆④。
居常土思兮心内伤⑤,愿为黄鹄兮归故乡⑥。

【翻译】

　　汉家嫁我天一方,
　　托身异域乌孙王。
　　毡帐做厅毡为墙,
　　牛羊肉块当饭食,
　　酸乳奶酪作酒浆。
　　常想故土心内伤,
　　愿作黄鹄归故乡。

---

①吾家:指汉王朝。天一方:在天的另一边。 ②托:寄。远托:这里是远嫁的意思。 ③穹庐:毡帐,俗称蒙古包。旃(zhān沾):同"毡"。 ④食:饭。酪(lào涝):动物乳汁制成的半凝固食品。 ⑤居:平居,日常。土思:怀乡的愁思。 ⑥黄鹄:大鸟名,古人以为仙人所乘。

别　　歌

李　陵

　　本篇见于《汉书·苏武传》。郭茂倩《乐府诗集》入《杂歌谣辞》。李陵(？—前74)，字少卿，西汉陇西成纪(今甘肃秦安县北)人，名将李广之孙。少为侍中建章监，善骑射，武帝时为骑都尉。天汉二年(前99)率五千步兵出居延伏击匈奴，寡不敌众，战败降敌。后病死于匈奴。李陵与苏武是生死之交。汉昭帝即位数年，匈奴与汉和亲。汉使得以求索武帝时质于匈奴的苏武。苏武将归汉，李陵置酒作别，对苏武说："异域之人，一别长绝。"因泣下数行，起舞而作此歌。苏武元始六年(前27)春归汉，可知本诗应作于元始五年(前26)。诗中直抒了李陵坎坷、悲剧式的生平以及悲愤心情。

径万里兮度沙漠①,为君将兮奋匈奴②。
路穷绝兮矢刃摧③,士众灭兮名已隤④。
老母已死⑤,虽欲报恩将安归⑥?

【翻译】

领军兵,行万里,沙漠飞度,
为君王,作将官,奋战匈奴。
生路断绝呵刀卷箭折,
将士死伤呵声名坠毁!
老母惨死呵骨已成灰,
虽想报恩呵何处可归?

①径:行。度:跨越。 ②奋:奋力作战、苦战。 ③路穷绝:生路断绝。摧:折断。 ④隤(tuí颓):败坏。名已隤:指自己不敌而降匈奴。 ⑤老母已死:李陵降匈奴岁余,陵母、弟、妻、子皆为汉王朝诛杀。李陵降匈奴后,跟随李陵的士兵逃回说,李陵教匈奴练兵御汉,于是李陵在汉家属遭族灭。实际为匈奴献攻汉之策的,是另一降将李绪。 ⑥报恩:报皇恩、亲恩。

李 夫 人 歌

李延年

本篇录自《汉书·外戚传·李夫人传》。郭茂倩《乐府诗集》入《杂歌谣辞》二,题为《李延年歌》。李延年(?—约前87),西汉著名音乐家,中山(今河北定州)人。其父母兄弟皆为乐人。初因犯法受腐刑,给事狗监中。其妹得宠于汉武帝,号李夫人,延年因而贵幸,官至协律都尉,后被杀。李延年擅长音乐歌舞,善创新声,曾为汉《郊祀歌》十九章配乐,又仿张骞从西域传入的胡曲《摩诃兜勒》作新声二十八解,用于军中,称"横吹曲"。《李夫人歌》或名《北方有佳人》,是李延年赞美他妹妹的一首诗。诗夸其美,而反说其可畏,从而于可畏中更见其妹之美。全诗纵擒自如,盘旋曲折,对文人五言诗影响极大。李延年侍武帝,歌此诗,李夫人由此得幸。

  北方有佳人,绝世而独立①。
  一顾倾人城,再顾倾人国。
  宁不知倾城与倾国②,佳人难再得。

【翻译】
  北方竟有一美人,
  超群出众世未闻。
  秋波一闪倾一城,
  美目再盼一国倾。
  岂不知倾城倾国事可惊,
  如此佳人难再寻!

---

① 绝世:旷绝一世,世上无双。独立:卓异特立、超群拔俗。 ② 宁:岂。倾:倾倒、倾覆。

武 溪 深 行

马 援

马援(前14—后49),字文渊,右扶风茂陵(今陕西兴平东北)人,东汉初名将。始为郡督邮。王莽末,任新成大尹。继归刘秀,历任陇西太守、伏波将军。平生曾说:"丈夫为志,穷当益坚,老当益壮。""男儿要当死于边野,以马革裹尸还葬。"为后世所传诵。建武二十四年(48)率兵击"五溪蛮",对方凭山险水深据守,建武二十五年在壶头受挫;士卒染疫,援亦中病而亡。这首《武溪深行》便写于此时。《武溪深行》又名《武溪深》、《武陵深行》,见于崔豹《古今注》:"《武溪深》,乃马援南征之所作也。援门生爰寄生善吹笛,援作歌和之,名曰《武溪深》。"全诗情辞悲壮，写出武溪的险恶，征战的艰辛，也流露出作者对士卒的恤悯。

滔滔武溪一何深①，鸟飞不度②，兽不敢临③；嗟哉武溪多毒淫④！

【翻译】

武溪滔滔多深险！
鸟儿飞不过，
野兽不敢来近前。
可叹武溪毒瘴多凶险！

---

① 滔滔：水大貌。武溪：应作"五溪"（《后汉书·马援传》明书马援与"五溪蛮"相攻）。五溪：雄溪、樠溪、酉溪、无溪、辰溪。地在今湖南西、贵州东一带。 ② 度：过。不度，不能过。 ③ 临：到。 ④ 毒淫：指瘴气、疫疬(lì厉)。

五 噫 歌

梁 鸿

本篇最早见于《后汉书·梁鸿传》。梁鸿，东汉人，字伯鸾，扶风平陵（今陕西咸阳西北）人。家贫，博学多才，曾放猪于上林苑中。后与其妻隐居霸陵山，以耕织为业。这首《五噫歌》，是梁鸿因事过洛阳时，见宫室富丽有感而作。诗中抨击统治者的奢侈，感叹人民的劳苦。汉章帝见此诗后，甚为不满。梁鸿只得改名换姓避居齐鲁。后适吴，不久病死。元人张养浩《山坡羊·潼关怀古》曾说："伤心秦汉经行处……兴，百姓苦！亡，百姓苦！"对《五噫歌》的诗旨作了最好的概括。全诗言简意深，短语长情，是文人诗中的佳作。对帝王淫侈无厌的愤慨，对人民不尽劳役的嗟喟,憎爱之情全在五次叹息"噫"字中。

陟彼北芒兮①,噫②!
顾瞻帝京兮③,噫!
宫室崔巍兮④,噫!
民之劬劳兮⑤,噫!
辽辽未央兮⑥,噫!

【翻译】

登上高高的北邙顶呵,唉!
反复观望那洛阳城呵,唉!
宫殿、府第辉煌又雄峻呵,唉!
万民脂膏、血泪相凝成呵,唉!
百姓的劳苦远远无穷尽呵,唉!

---

① 陟:升、登。北芒:即芒山,又名邙山、北山、郏山,在今河南省洛阳市北。"芒",一作"邙"。　② 噫:嗟叹声。　③ 顾瞻:回顾与前望。"瞻",一作"览"。帝京:指东都洛阳。　④ 宫室:宫阙、宅第。包括帝室与豪门权要之居。崔巍:高峻雄伟。　⑤ 劬(qú渠):劳苦。　⑥ 辽辽:远远。未央:未尽。

咏 史 诗

班 固

班固(32—92),扶风安陵(今陕西咸阳东北)人,班彪之子,九岁即能属文诵诗赋,及长,博通群书,继父业撰写《史记后传》。后被人告发,以私改国史罪下狱,弟班超上书辩解才获释。官至兰台令史,转迁为郎,典校秘书,后历二十余年写成《汉书》。汉和帝永元初,随大将军窦宪征匈奴,为中护军。宪获罪,班固受牵连,死于狱中。

班固是著名的史传文学家,又是杰出的赋家,也是文人五言诗的始作者之一。这首《咏史诗》,就是可以参见的第一首文人五言诗,歌咏西汉孝女缇(tí 提)萦代父赎罪的故事。缇萦的父亲淳于意犯罪当刑,她自请入身为宫婢,以赎父刑。汉文帝哀悯她,就废除了肉刑律。诗中可能借缇萦事寄托着班固晚年系狱而无人救援的感慨,在客观上揭露了封建吏治的黑暗内幕。文人五言诗刚由民歌转化而来,风格朴率,没有乐府民歌那样的藻彩,也没有乐府民歌那样通俗自然,钟嵘评它"质木无文",是有道理的。

三王德弥薄①,惟后用肉刑②。
太仓令有罪③,就逮长安城④。
自恨身无子⑤,困急独茕茕⑥。

---

① 三王:指夏、商、周。弥:益、越加。薄:淡薄。 ② 惟:发语词,无义。肉刑:古代以墨、劓(yì 益)、剕(fèi 肺)、宫、大辟为五刑,都是肉刑。肉刑,指切断肢体或割裂肌肤之刑。据崔浩《汉律序》,文帝除肉刑,宫刑不在当除之列。 ③ 太仓:汉代政府储谷之仓。太仓令:主管太仓的长官。 ④ 逮:捕。 ⑤ "自恨"句:据《史记·孝文本纪》,淳于意是西汉名医,后任汉封国齐的太仓长官,世称仓公,有女五人而无男。后获罪,淳于意便责骂女儿们说:有了灾难危急,你们一个也帮不了忙。小女儿缇萦便上书请代父赎罪,文帝为之废除肉刑。
⑥ 茕茕(qióng qióng 穷穷):孤独的样子。

小女痛父言,死者不可生。
上书诣阙下①,思古歌《鸡鸣》②。
忧心摧折裂③,《晨风》扬激声④。
圣汉孝文帝⑤,恻然感至情⑥。
百男何愦愦⑦,不如一缇萦。

【翻译】

三代仁德久淡薄,
后世动用苦肉刑。
太仓粮官犯了罪,
捉住绑送长安城。
粮官自恨无儿子,
无人救急独苦辛。
小女痛感父所言,

---

① 诣:至、到。阙(què确)下:宫阙之下,指帝王所在处。② 《鸡鸣》:《诗经·齐风·鸡鸣》有苍蝇声迷乱鸡声的描写,这里用以比喻淳于意的获罪,是由苍蝇点白为黑,亦即小人诬陷所致。③ 摧、折、裂:三字同义。断裂。④ 《晨风》:指《诗经·秦风·晨风》。诗中写到因不见君子而忧心忡忡,又诘问为什么把我忘记等意,显然班固引此诗,既在指淳于意的无人援救,也在指自己的遭际。⑤ 圣:圣明。孝文帝:汉文帝刘恒。⑥ 恻然:悲痛难过的样子。⑦ 愦愦(kuì kuì 愧愧):昏乱不明。

伤心死者不复生。
赎罪书信送宫廷,
由今思古歌《鸡鸣》。
忧急攻心心摧裂,
《晨风》古歌抒心声。
巍巍文帝真圣明,
至诚感动恻隐心。
芸芸男子太昏昏,
胆识不及小小一缇萦!

怨 篇 并序

张 衡

张衡(78—139),字平子,河南南阳西鄂(今河南南召)人。少善属文,后汉安帝刘祜闻张衡善术学,公车征拜郎中,迁太史令。出为河间相,为政清廉,发愤陈论,务矫时弊。因不得意,告老辞官,又征拜尚书卒。张衡是著名的科学家、辞赋家。其《同声歌》、《四愁诗》是五、七言诗创始时期的重要作品。《怨篇》借幽兰比贤人。秋兰虽香虽美,但因处地幽深而不被世用。这正如贤人被浮云所蔽、为奸佞所忌一样。《怨篇》为封建社会中的有志之士抒发了壮志难酬的愤慨。

《秋兰》，咏嘉人也①。嘉而不获用，故作是诗也②。

猗猗秋兰③，植彼中阿④。
有馥其芳⑤，有黄其葩⑥。
虽曰幽深⑦，厥美弥嘉⑧。
之子之远⑨，我劳如何⑩！

【翻译】

《秋兰》诗，是歌咏贤人的，贤而不被任用，为此而作此诗。

秋兰丰美一丛丛，
长在深岭幽壑中。
郁郁清香传何处，
黄花独自对秋风。
虽处深隐世不用，

---

① 嘉：贤、良、美。 ② 是：此。 ③ 猗猗：丰美的样子。 ④ 植：种植。阿：丘陵。中阿：丘陵中。 ⑤ 馥：香气浓烈。 ⑥ 葩（pā 啪）：草木之花。 ⑦ 幽深：幽远深隐。 ⑧ 厥：代词，用与"其"同，这里指秋兰。 ⑨ 之子：这个人，指有秋兰般美德的君子。远：被远离。 ⑩ 劳：心痛。

美德愈多人称颂。
这样俊才被远隔，
无法诉我心底痛！

四愁诗 并序

张 衡

本篇最早见于梁萧统《文选》。前有序。不过从序文语气上看,似非出于张衡之手。王观国《学林》、吴景旭《历代诗话》、纪容舒《〈玉台新咏〉考异》等均辨序文为伪作。但序中云当时"天下渐弊,郁郁不得志,为《四愁诗》"。这可能与张衡在汉顺帝阳嘉三年(134)上疏"请禁绝图谶"未被采纳而调任事有关。序文又说:"依屈原以美人为君子,以珍宝为仁义,以水深雪雰为小人。思以道术相报,贻于时君,而惧谗邪不得以通。"说明作品继承楚辞的比兴手法,以情诗的形式寄托政治怀抱。所以序文仍足资参考。《四愁诗》反复申述作者所思之人远在东、南、西、北四方,追随有碍;而又赠物致意。这或者是志不可达,徒生烦忧;或者是君门九重,衷情难诉。这样的描写显然是有所寄托的。全诗极得《风》、《骚》缠绵往复遗意。诗共分四章,每章七句,每句七言,可说是七言诗的先驱。

张衡不乐久处机密①,阳嘉中出为河间相②。时国王骄奢,不遵法度,又多豪右并兼之家③。衡下车治威严④,能内察属县⑤,奸猾行巧劫⑥,皆密知名,下吏收捕⑦,尽服擒,诸豪侠⑧、游客,悉惶惧逃出境⑨。郡中大治,争讼息,狱无系囚⑩。时天下渐弊⑪,郁郁不得志,为《四愁诗》。依屈原以美人为君子,以珍宝为仁义,以水深雪雰为小人⑫。思以道术

------

① 机密:指太史令主管天文星象事务。 ② 阳嘉:汉顺帝年号(132—135)。河间,地名,处于黄河与永定河之间。汉文帝二年置为河间国。今属河北。 ③ 豪右并兼之家:豪强大族专事侵吞的势家。 ④ 下车:到任。威严:严厉。 ⑤ 属县:所管辖的县治。 ⑥ 奸猾:奸邪阴险。巧劫:巧取豪夺。 ⑦ 下吏:低级官吏。 ⑧ 豪侠:强行霸道的歹徒。 ⑨ 游客:游荡而有劣行的游民。 ⑩ 争讼:争斗诉讼之事。系囚:在押的囚犯。 ⑪ 弊:败坏。 ⑫ 水深:水深必多险,喻小人善设阱构陷。雰(fēn芬):雪盛的样子。

相报,贻于时君①,而惧谗邪不得以通②。

其辞曰:

我所思兮在太山③,欲往从之梁父艰④。侧身东望涕沾翰⑤,美人赠我金错刀⑥,何以报之英琼瑶⑦。路远莫致倚逍遥⑧,何为怀忧心烦劳⑨。

我所思兮在桂林⑩,欲往从之湘水深⑪。侧身南望涕沾襟⑫。美人赠我琴琅玕⑬,何以报之双玉盘⑭。路远

---

① 时君:当时的国君。 ② 谗邪:说坏话的奸邪之徒。 ③ 我所思:我所思念的人。太山:即泰山。 ④ 梁父:一作"梁甫",太山下小山之名,在今山东泰安县东南。艰:险阻。 ⑤ 东望:泰山在东部,故曰东望。翰:笔。 ⑥ 金错刀:一说是钱币名;一说是黄金镀过刀环或刀柄的佩刀。似以后说为好。 ⑦ 何以:以何,用什么。何以报之:这是自问。英琼瑶:这是自答。下仿此。英:同"瑛",美玉的光泽。琼、瑶:皆美玉之名。 ⑧ 致:送达。倚:与"猗"通,语助词。下均同。逍遥:同"摇摇",忧心不安的样子。 ⑨ 劳:忧伤。句式系自问自答:"为何这样忧伤?"自问。"因为心里愁苦烦恼!"自答。但译文系取李善注释意。以下三章同此。 ⑩ 桂林:汉郡名,约在今广西省境之地。郡治在今广西桂林。 ⑪ 湘水:发源广西兴安阳海山,东北流入湖南,经长沙入洞庭湖。 ⑫ 南望:所思之人在桂林、湘水,故称南望。 ⑬ 琅玕(láng gān 郎甘):一种似美玉的玉石。琴琅玕:饰以玉石的琴。 ⑭ 玉盘:一种精美器皿,可盛食物。双玉盘:取成双作对意。

莫致倚惆怅①,何用怀忧心烦伤②。

我所思兮在汉阳③,欲往从之陇坂长④。侧身西望涕沾裳⑤,美人赠我貂襜褕⑥,何以报之明月珠。路远莫致倚踟蹰。何用怀忧心烦纡⑦。

我所思兮在雁门⑧,欲往从之雪纷纷。侧身北望涕沾巾⑨。美人赠我锦绣段⑩,何以报之青玉案⑪。路远莫致倚增叹⑫,何为怀忧心烦惋⑬。

四愁诗

【翻译】

张衡不乐意长久担任主持天文、星象观测的太史令,便在汉顺帝阳嘉年间离开朝廷,去接任河间相的职务。当时河间王骄奢淫侈,不遵守法令制

---

① 惆怅:悲伤。 ② 烦伤:极度烦恼。 ③ 汉阳:东汉郡名,约今甘肃东南之地。郡治在今甘肃甘谷县。 ④ 陇坂:注见《陇头歌辞》二首。山坡为坂,陇坂即陇山的大坂,在古代以迂回险阻著名。 ⑤ 西望,所思之人在汉阳、陇坂,故而西望。 ⑥ 貂襜褕(chān yú 搀愚):原是直襟单衣,此指以貂皮缝制的直襟袍子。 ⑦ 纡:盘郁曲折。烦纡:心烦意乱。 ⑧ 雁门:汉郡名,约在今山西西北之地。 ⑨ 北望:雁门在北,所思之人又转向北,故为北望。 ⑩ 锦绣段:成段的锦绣。 ⑪ 青玉案:一种用青玉做的小几。案:小几,用以放食器。一说,"案"即"椀",或碗。 ⑫ 增叹:增:通层。增叹:重叹,一再叹息的意思。 ⑬ 惋:惊叹。

度,河间地方又多豪强大、专事侵吞的权势家族。张衡到任,处理政务很严厉,既详察属县的吏治,又密访奸险狡猾之徒巧取豪夺的罪行,全部掌握了这些人的姓名,便命令下级官吏搜捕。有的罪犯投诚了,有的被捕获了;那些横行的歹徒、有劣行的游民,全都带着惶恐畏惧的心情逃离河间。河间境内,得到很好的治理。争执不闻,诉讼平息,狱中无囚。不过,当时政治败坏,已经不可收拾,张衡郁郁不得志,于是就写了《四愁诗》。这首诗,取法屈原,用美人比作君子,用珍宝比作仁义,用水深、雪骤比作小人,想用正道报效国家,献给当朝的君王,但又担心被惯于挑拨离间、暗害中伤的小人所阻隔,以致不能为当朝所了解。《四愁诗》的歌辞这样说:

我所思的美人在泰山,
想要追随她,路有梁父险。
侧身东望眼泪湿彤管。
美人赠我金错刀,
怎样报答表缱绻?
送上美玉一块色泽艳。
路远难送呵心不安,
好不叫我心中愁又烦!

四愁诗

我所思的美人在桂林，
想要追随她，路隔湘水深。
侧身南望眼泪湿衣襟。
美人赠我玉饰琴，
怎样报答表衷情？
送上玉盘双双色晶莹。
路远难送呵情可伤，
好不叫我心中愁又闷！

我所思的美人在汉阳，
想要追随她，难过陇坂长。
侧身西望眼泪湿衣裳。
美人赠我貂皮袍，
怎样报答表衷肠？
送上大秦明珠闪闪亮。
路远难送呵情惘惘，
好不叫我心中郁又伤！

我所思的美人在雁门，
想要追随她，路途风雪猛。
侧身北望眼泪湿衣巾。
美人赠我锦绣锻，
怎样报答表深情？

送上青玉几案色澄净。
路远难送呵长叹频，
好不叫我心中忧又惊！

赠 妇 诗

秦 嘉

本篇见于《玉台新咏》。秦嘉,字士会,陇西(今甘肃临洮东北)人,东汉诗人。秦嘉于桓帝时任郡上计吏。奉使洛阳,妻徐淑因病还母家,不能面别,便作诗为赠。又,秦嘉在京任黄门郎,夫妻远隔两地,也只得互相赠诗寄意。这便留下了为世所重的《赠妇诗》四首。诗的情感真挚,撼人心肺。这里选其一首,以见一斑。

暧暧白日①,引曜西倾②。

---

① 暧暧:昏暗不明的样子。 ② 引曜:引:敛、收。引曜:将要收敛的日光。

啾啾鸡雀①,群飞赴楹②。
皎皎明月③,煌煌列星④。
严霜凄怆⑤,飞雪覆庭⑥。
寂寂独居⑦,寥寥空室⑧。
飘飘帷帐⑨,荧荧华烛⑩。
尔不是居⑪,帷帐何施⑫?
尔不是照⑬,华烛何为?

【翻译】

　　白日依山近黄昏,
　　落日脉脉渐西倾。
　　鸡、雀群群啾啾叫,
　　归巢栖屋享安宁。
　　当空皎皎月一轮,
　　高天灿灿列繁星。

---

① 啾啾:黄昏临近,鸡、雀觅巢时所发出的鸣叫之声。 ② 楹(yíng盈):房柱。 ③ 皎皎:明洁。 ④ 煌煌:明亮。 ⑤ 严:盛、寒。 ⑥ 覆:盖、落满。 ⑦ 寂寂:清静寂寞。 ⑧ 寥寥:冷落。室:疑应为"屋"字,以与下"居"、"烛"相叶。 ⑨ 飘飘:风吹的样子。 ⑩ 荧荧(yíng yíng迎迎):微光。 ⑪ 尔:你。指妻子徐淑。尔不是居:你不住在这里。 ⑫ 施:设。何施:还陈设它干什么!下文"何为"意仿此。 ⑬ 尔不是照:你不用它照明。

正感寒霜凄清意,

又见飞雪满前庭。

寂寂独处孤零身,

荡荡空屋伶仃影。

帷帐飘飘风不停,

蜡烛荧荧照离人。

你不同住又同寝,

何必张帷设帐拢温馨?

这长明灯儿你不用它来照明,

何必点烛烧蜡对孤影?

疾 邪 诗

赵 壹

　　赵壹,字元叔,汉阳西县(今甘肃天水)人。他是一位风骨崚嶒、大义凛然的人物。因恃才傲物,不容于乡党,屡陷及罪,幸为友人救援而免死。灵帝时,为上计吏入京,司徒袁逢主受计事。计吏数百人皆伏拜庭中,独壹长揖不拜。弘农太守皇甫规亲征,壹掉头不顾而去。后西归,十次为公府征辟,壹皆不就。赵壹是著名的小赋作家,写有著名的《刺世疾邪赋》,以犀利的笔触,愤激的情绪,对"情伪万方"的封建社会作了全面的抨击。全赋通过各种对照、对比,显示作者"刺世疾邪"的鲜明爱憎感情。依照赋的体制,大凡有序文、正文、乱辞三大结构,但作者独具一格,把赋的"乱辞"化为"秦客诗"和"鲁生歌",就是这里选录的《刺世疾邪诗》二首。这二首诗使全赋刺世疾邪的客观现象与作者爱憎分明的主观倾向再次集中,形成一种辗转反复、一唱三叹的艺术力量;并体现出一种疏朗、通脱、直率的诗风。

河清不可俟①,人命不可延②。顺风激靡草③,富贵者称贤。文籍虽满腹④,不如一囊钱⑤。伊优北堂上⑥,抗脏倚门边⑦。

势家多所宜⑧,欬吐自成珠⑨。被褐怀金玉⑩,兰蕙

---

① 河清:黄河清。古语说:"黄河清,圣人出。"比喻太平盛世。俟:等待。 ② 人命不可延:古人传说"黄河三千年一清,可人的寿命能有多久?"意为见不到清明盛世。 ③ 激:激荡。靡:倒扑。 ④ 文籍:学问、文章。 ⑤ 一囊:一袋。 ⑥ 伊优:指胁肩谄媚、曲意逢承的人。《汉书·东方朔传》对"伊优亚"的解释是语辞含糊不定、圆滑吞吐。北堂:正北厅堂,贵者所居。 ⑦ 抗脏(záng 藏阳平):高亢正直的人。 ⑧ 势家:有势力的豪门贵族。 ⑨ 欬(kài 忾)吐:唾沫星子。 ⑩ 褐:粗布衣。被褐:穿粗布衣的穷人。怀金玉:内怀黄金美玉,喻指内怀美德。

化为刍①。贤者虽独悟②,所困在群愚③。且各守尔分④,勿复空驰驱⑤。哀哉复哀哉,此是命矣夫!

【翻译】

　　清明盛世盼不来,
　　人命短促怎能延几代?
　　顺风吹草一边倒,
　　富贵便能称贤才!
　　满腹文章满腹才,
　　不及浅浅钱一袋!
　　阿谀逢迎上高堂,
　　高亢正直门边挨!

　　权势做事大家都称美,
　　唾沫星子也成了珍珠一枚枚!
　　粗布短衣遮蔽了金玉良材,
　　兰蕙芳草被看成草与柴!
　　贤人独醒虽然多高见,

---

①兰蕙:兰草、蕙草,都是香草,喻指贤者。刍:牲口草料。 ②独悟:独醒。悟:醒。 ③群愚:凡夫俗子。 ④尔分:你的本分。 ⑤驰驱:奔忙。

却被凡夫市侩竞诋毁！
还是守你的本分最聪明，
不要再奔波忙碌白把心力费！
悲哀悲哀真悲哀，
这都是命运作安排！

见 志 诗

郦 炎

本篇见于《后汉书·郦炎传》。郦炎（150—177），字文胜，范阳（今河北定兴西南）人。有文才，通音律。灵帝时，州郡召用，皆不就。后得精神病，因母丧，妻在生产中惊死。妻家告官，炎因被囚，死于狱中。年仅二十八岁。曾作《见志诗》两首。这里选其一。诗抒写个人抱负和怀才不遇的强烈感情，坚信富贵、贫贱不由天定；宣扬不甘命运摆布、要求改变现状的思想。情辞激烈，气势不凡。

大道夷且长①，窘路狭且促②，修翼无卑栖③，远趾不步局④。舒吾陵霄羽⑤，奋此千里足，超迈绝尘驱⑥，倏忽谁能逐⑦？贤愚岂尝类⑧，禀性在清浊⑨。富贵有人籍⑩，贫贱无天录⑪。通塞苟由己⑫，志士不相卜⑬。

陈平敖里社⑭，韩信钓河曲⑮。终居天下宰⑯，食此

见志诗

---

① 夷：平坦。 ② 窘：隘、险。促：迫束、局促。 ③ 修翼：长翅膀。指搏风翔云的鹏、凤、鹰等一类灵鸟。无卑栖：不肯低就普通、卑下的树木栖息。 ④ 远趾：远足，指志在千里的骏马。局：同"跼"。小步的样子。 ⑤ 舒：展。陵霄：高出于云霄。"陵"同"凌"。喻志气高远。羽：翅。 ⑥ 超：越。迈：行。绝尘：脚步不沾尘土，形容奔驰得快。驱：直驰。 ⑦ 倏忽：迅疾。逐：追。 ⑧ 尝：常。 ⑨ 禀：禀受。禀性：天所赋予的本性。 ⑩ 人籍：引籍。即"引人"与"门籍"。汉制，宫门有禁，须由门使（引人）和竹牒（门籍，上记出入者的姓名、年龄、相貌等，悬于宫门，以备查对）核对无误，方可入禁，因此"有人籍"是贵显的标志。 ⑪ 天录：即"天禄"，上天所赐予的福禄。 ⑫ 通：显达。塞：困厄。苟：假如。 ⑬ 相卜：相面、算卦。
⑭ 陈平（？—前178）：汉阳武人，少时家贫，好读书。兄伯常耕田，纵平游学。后娶富人女，资用益饶，游道旷。初从项羽，后归刘邦，官至丞相。陈平曾为里社宰，分肉公允，深得人心，大家认为他后必富贵。敖：通遨，游。 ⑮ 韩信（？—196）：秦末淮阴人，刘邦大将。封楚王、淮阴侯。早年家贫时，曾钓于淮阴为生。河曲：水湾。 ⑯ 天下宰：主宰天下事务。

万钟禄①。德音流千载②,功名重山岳③。

【翻译】

大路平坦又宽广,

邪路险窄又迫促。

灵鸟展翅怎肯栖息在矮树,

骏马远驰怎能碍步受拘束?

舒展乘风凌云翅,

紧催奔腾千里足。

超尘拔俗一往前驰,

迅如电光谁能追逐?

贤、愚有别不同类,

秉受天性分清、浊。

富贵才得有权势,

贫贱何能享俸禄!

显赫、穷困若由己,

志士何必把命运来探索?

陈平区区里社宰,

韩信贫钓水湾曲。

① 钟:六石四斗为一钟。禄:俸禄。 ② 德音:美好的声名。流:传。 ③ 功名重山岳:功名如山之高、山之重。

终居高位治天下,
又食皇家万钟禄。
美好声誉千年传,
功高名重如山矗!

羽 林 郎

辛延年

　　本篇见于《玉台新咏》,郭茂倩《乐府诗集》载入《杂曲歌辞》。作者辛延年,后汉人,身世、爵里不详。据《汉书·百官公卿表》及颜师古注,汉武帝时设羽林军,即皇家的禁卫军;羽林郎即为羽林军的军官。又诗名作"羽林郎",诗中并称贵家豪奴为"金吾子",实际都只是表明此奴的骄横跋扈与招摇撞骗。另说,"羽林郎"是乐府旧题名。东汉和帝时窦宪为大将军,兄弟横暴,尤其是执金吾窦景,他的爪牙经常强夺民财,抢掠妇女,官吏不敢干涉。本诗是用西汉的乐府旧题和羽林故事,以抨击东汉的社会症结和时弊。全诗歌颂了一个酒家女子勇敢抗暴的高贵品质，暴露了贵戚鱼肉乡里、凌辱平民的罪行。诗中文辞华美，富于藻饰，体现了乐府诗的铺陈、夸张的艺术风格。

昔有霍家奴①，姓冯名子都②。依倚将军势③，调笑酒家胡④。胡姬年十五⑤，春日独当垆⑥。长裾连理带⑦，广袖合欢襦⑧。头上蓝田玉⑨，耳后大秦珠⑩。两鬟何窈窕，一世良所无。一鬟五百万，两鬟千万余⑪。

羽林郎

① 霍家：霍光家。奴：一作"姝"，疑非。 ② 冯子都：名殷，西汉人，为霍光监奴（相当于后世王府总管）。此处比喻东汉现实中的豪奴。 ③ 依倚：依仗。将军：指霍光，西汉武帝时为大将军，此处比喻东汉豪门。 ④ 调笑：调戏。胡：汉时对西域人或匈奴人的称谓。 ⑤ 姬：古代妇女的美称。 ⑥ 当：值。垆：放酒坛处，累土而成，四边隆起，另一边稍高，用以安置酒坛。当垆：卖酒。 ⑦ 裾：衣前襟。长裾：一种前襟很长的对襟衣服。连理带：两条对称的衣带。 ⑧ 广袖：宽大的袖子。合欢襦：有合欢图案花纹的短袄。 ⑨ 蓝田：指陕西蓝田山，山出美玉。 ⑩ 大秦：我国古代对罗马帝国的称呼。耳后珠：指发簪两端垂挂的明珠，故行动时在耳后摆动。 ⑪ 鬟(huán 环)：环形发髻，古时妇女的发式。窈窕：美好。良：确实。

不意金吾子①,娉婷过我庐②。银鞍何煜爚③,翠盖空踟蹰④。就我求清酒⑤,丝绳提玉壶。就我求珍肴⑥,金盘脍鲤鱼⑦。

贻我青铜镜⑧,结我红罗裾⑨。不惜红罗裂,何论轻贱躯⑩!男儿爱后妇⑪,女子重前夫。人生有新故,贵贱不相逾⑫,多谢金吾子⑬。私爱徒区区⑭。

【翻译】

从前有个"霍家奴",
姓冯名字叫子都。
依仗将军的势头,

---

① 不意:不料,没料想。金吾:应是"禁御"的讹读,是秦时中尉所执棒名;中尉掌巡守京师,汉武帝时改名执金吾。此处"金吾子"是对豪奴的敬称,也含有讥刺豪奴招摇蒙骗之意。 ② 娉婷(pīng tíng 乒停):姿容美好。这里是炫耀风姿、装腔作势之意。 ③ 银鞍:银饰马鞍。煜爚(yù yuè 育越):光彩闪耀。 ④ 翠盖:饰有翠羽的车盖,此指代华贵的车子。踟蹰:徘徊不进。 ⑤ 清酒:美酒。 ⑥ 珍肴:美味,好菜。 ⑦ 脍(kuài 快):细切的肉。 ⑧ 贻:赠给。青铜镜:古代以青铜制镜,呈圆形。还可挂于胸前作饰物。 ⑨ 结:系。 ⑩ 何论:更不用说。轻贱躯:无价值的身体。这是反诘。 ⑪ 后妇:新欢。 ⑫ 逾:越。 ⑬ 多谢:多多感谢。实为反语,谢绝之意。 ⑭ 区区:殷勤、专一。

公然调戏酒家胡。
胡女芳龄一十五，
春日独自守酒铺。
身穿束带长襟服，
套着合欢宽袖襦。
蓝田玉饰头上簇，
大秦珠簪耳后舞。
双环发髻真妩媚，
世上难得人间无！
一鬟值钱五百万，
两鬟应值千万余！
"不料有个'金吾子'，
装腔作势过我屋。
银色马鞍耀人目，
翠盖华车铺前伫。
要我摇酒须甘露，
我盛美酒满玉壶；
要我治菜须佳肴，
我调鱼脍金盘贮。
送我青铜镜，
系我胸前作饰物。
不惜撕裂红罗衣，

羽林郎

莫说什么微躯须爱护！
薄情男子爱后妇，
贞烈女子钟前夫。
你贪新欢我爱故，
贵不越贱，贱不逾贵休胡涂！
多谢您了'金吾子'，
你的'厚爱'白白用心苦！"

董 娇 饶

宋子侯

此诗始见于《玉台新咏》。郭茂倩《乐府诗集》收入《杂曲歌辞》中。作者宋子侯,后汉人,生平无考。董娇饶,冯惟敏《古诗纪》作"董娇娆",《初学记》同。"娇饶",疑为"娇娆",美艳之义,应为女子之名。据唐诗人杜甫、温庭筠等诗作所咏,董娇饶大多指著名歌姬。有人则认为《董娇饶》是乐府旧题。这首诗借女子与花的问答,写女子自伤其命竟不如春花,或易遭遗弃,或轻被摧残,或地位卑微,命厄运蹇,欢乐无缘,不如春花年年开放。或者该诗是宋子侯拟女子的自伤自悼之词,反映了封建社会妇女的悲惨命运。这是一首较早的文人五言诗,诗作首以折花起兴,伤盛年之难再,中以人花相答,末以歌者揭旨。它对后世曹植等人的创作曾产生过一定的影响。

洛阳城东路①,桃李生路旁。花花自相对②,叶叶自相当。春风东北起,花叶正低昂。不知谁家子③,提笼行采桑④,纤手折其枝⑤,花落何飘飏⑥!

请谢彼姝子⑦:"何为见损伤⑧?""高秋八九月⑨,白露变为霜。终年会飘堕⑩,安得久馨香⑪?""秋时自零落⑫,春月复芬芳。何时盛年去,欢爱永相忘。"

吾欲竟此曲⑬,此曲愁人肠,归来酌美酒,挟瑟上高堂。

---

① 洛阳:东汉首都。 ② 对:与"叶叶自相当"的"当"同义,对称、相映衬。 ③ 子:年轻女子。 ④ 笼:注见《陌上桑》。行:将。 ⑤ 纤手:柔美细长的手。 ⑥ 飘飏:飏,一作扬,四散风扬的意思。 ⑦ 谢:谢罪。因花将责问女郎,故先致歉意称谢。下面即是花、女问答之辞。 ⑧ 见:被,受到。 ⑨ 高秋:秋天天高气爽,故称。 ⑩ 终年:年底。会:即将。 ⑪ 馨香:芳香。 ⑫ 零落:凋谢、摧落。 ⑬ 竟:结束、终尽。这以下四句是诗人自陈作诗之意。

【翻译】

洛阳城东大路上，
桃李缤纷开路旁。
花对花儿成双，
叶并叶儿相傍。
春风徐来东北方，
花叶婆娑互低昂。
谁家妙龄俏女郎，
手提竹篮去采桑。
柔手折枝枝摇晃，
花瓣纷堕随风扬。
花儿谴责俏女郎：
"不知为何来损伤？"
"须知秋来天高爽，
露寒气凉变繁霜。
腊月到来终凋丧，
桃李那得长芬芳！"
"春花秋落虽难抗，
来年春到再怒放；
转眼人老似珠黄，
至爱也将把你忘！"
我想唱完这支歌，

这支歌儿愁断肠!
无奈归来饮酒浆,
高堂弹瑟消惆怅!

悲 愤 诗

蔡 琰

蔡琰(yǎn 演),字文姬,陈留圉(yǔ 雨,今河南杞县南)人。东汉著名学者蔡邕的女儿,博学多才,精通音律。初嫁卫仲道,夫亡无子,归于母家。汉末董卓之乱,为胡骑所掳,没于南匈奴左贤王,在胡中十二年,生二子。后曹操遣使者以金璧把她赎回,再嫁同郡董祀。她的作品,现存《悲愤诗》二首,一为五言体,一为楚辞体,其中后者所述情节与蔡琰身世多有不合,可能是晋人伪托。另有《胡笳十八拍》一篇,相传也是她的作品,但也有人疑是伪作,迄今尚无定论。

这是一首自述经历的五言长诗,共一百零八句,是当时文人五言诗的杰作。诗中为人们展现了一幅汉末军阀混战所造成的社会残破、生灵涂炭的触目惊心的画面；在此社会背景下更历叙了自己十几年来的悲惨遭遇：被掳途中的惨状、边地生活的凄楚、归国别子的痛苦……回国后，虽得重获婚配，但以往的不幸经历、现时家乡的满目荒凉、以及惟恐将来被弃的担忧，这些都使诗人内心的创伤更加深重而难以愈合，因而全诗自始至终笼罩着一种悲凉沉重的气氛，极为凄切动人。叙事、抒情、对话、心理刻画等表现手法的有机结合，更增强了作品的感人力量。

汉季失权柄①，董卓乱天常②。志欲图篡弑③，先害诸贤良④。逼迫迁旧邦⑤，拥主以自强。海内兴义师⑥，欲共讨不祥。

---

① 汉季：汉末。失权柄：丧失统治力量。 ② 天常：天之常道，此指统治秩序。 ③ 篡弑（shì 式）：杀君夺位。汉灵帝中平六年(189)，董卓废汉少帝为弘农王，次年把他杀死，又毒死何太后。 ④ 诸贤良：指先后被董卓杀害的丁原、周珌、伍琼等人。 ⑤ 旧邦：指西汉时都城长安。汉献帝初平元年(190)，董卓焚烧洛阳，强迫君臣百姓西迁长安。 ⑥ 兴义师：初平元年，关东州郡将领起兵讨董卓，以袁绍为盟主。

卓众来东下①，金甲耀日光。平土人脆弱②，来兵皆胡羌③。猎野围城邑④，所向悉破亡。斩截无孑遗，尸骨相撑拒⑤。马边悬男头，马后载妇女。长驱西入关⑥，迥路险且阻⑦。还顾邈冥冥⑧，肝脾为烂腐。所略有万计⑨，不得令屯聚。

或有骨肉俱，欲言不敢语。失意几微间⑩，辄言"毙降虏⑪，要当以亭刃⑫，我曹不活汝⑬"！岂敢惜性命，不堪其詈骂⑭。或便加棰杖，毒痛参并下⑮。旦则号泣行，夜则悲吟坐。欲死不能得，欲生无一可。彼苍者何辜⑯，乃遭此厄祸？

---

① 卓众来东下：初平三年（192），董卓部将李傕、郭汜等出兵函谷关东下，大掠陈留、颍川等地。 ② 平土：平原、中原。 ③ 胡羌（qiāng腔）：指董卓军中的羌、氐（dī低）族人。 ④ 猎：猎取，这里指攻掠。 ⑤ 截：断。孑（jié杰）：独。相撑拒：互相支拄。 ⑥ 关：指函谷关。 ⑦ 迥（jiǒng窘）：遥远。阻：艰难。 ⑧ 邈：远。冥冥：迷茫不清的样子。 ⑨ 略：同"掠"。 ⑩ 失意：不合意。几微：细微。 ⑪ 毙降虏：等于说杀死你们这些降虏。 ⑫ 要当：应当。亭：疑是"事"的误字，"事"通"剚"（zì字），用刀剑刺入物体叫"剚刃"。"辄言"两句，是"要当以亭刃毙降虏"的倒文，是该当用刺刀毙降虏的意思。 ⑬ 我曹：我辈，我们。 ⑭ 詈（lì利）：也是"骂"的意思。 ⑮ 毒痛：内心的毒恨和身上的痛苦。 ⑯ 彼苍者：指天。

边荒与华异①,人俗少义理。处所多霜雪,胡风春夏起。翩翩吹我衣,肃肃入我耳②。感时念父母,哀叹无穷已。有客从外来,闻之常欢喜。迎问其消息,辄复非乡里。邂逅徼时愿③,骨肉来迎己④。己得自解免,当复弃儿子。天属缀人心⑤,念别无会期。存亡永乖隔⑥,不忍与之辞。

儿前抱我颈,问"母欲何之?人言母当去,岂复有还时?阿母常仁恻,今何更不慈?我尚未成人,奈何不顾思!"见此崩五内⑦,恍惚生狂痴。号泣手抚摩,当发复回疑。兼有同时辈⑧,相送告离别。慕我独得归,哀叫声摧裂。马为立踟蹰,车为不转辙⑨。观者皆歔欷⑩,行路亦呜咽⑪。

去去割情恋,遄征日遐迈⑫。悠悠三千里,何时复交

---

① 边荒:边远地区,指南匈奴。兴平二年(195),蔡琰辗转流落入南匈奴左贤王部落。 ② 肃肃:风声。 ③ 邂逅(xiè hòu卸后):意外地相遇。徼:侥幸。 ④ 骨肉:喻至亲,这里指曹操派来赎她回去的使者。 ⑤ 天属:天然的亲属,指有血缘关系的直系亲属。缀:连。 ⑥ 乖隔:分离。 ⑦ 五内:五脏。 ⑧ 同时辈:指同时被掳的人。 ⑨ 辙:车轮所碾的迹印,这里指车轮。 ⑩ 歔欷(xū xī虚西):悲泣抽噎。 ⑪ 呜咽:低声哭泣。 ⑫ 遄(chuán船)征:飞快地赶路。日遐迈:一天天地远去。

会?念我出腹子①,胸臆为摧败。既至家人尽,又复无中外②。城郭为山林,庭宇生荆艾。白骨不知谁,纵横莫覆盖。出门无人声,豺狼号且吠。茕茕对孤景③,怛咤糜肝肺④。

登高远眺望,魂神忽飞逝。奄若寿命尽⑤,旁人相宽大⑥。为复强视息⑦,虽生何聊赖⑧。托命于新人⑨,竭心自勖厉⑩。流离成鄙贱,常恐复捐废⑪。人生几何时,怀忧终年岁!

【翻译】

　　汉末皇帝丧失了统治的权力,
　　董卓作乱违背了天理。
　　一心想篡夺帝位,
　　先向众贤臣开了杀机。
　　逼迫朝廷迁往长安,

---

① 出腹子:亲生子。 ② 中外:中表亲戚。中,指舅父的子女,为内兄弟;外,指姑母的子女,为外兄弟。 ③ 茕茕(qióng穷):孤独的样子。景:同"影"。 ④ 怛咤(dá zhà 达炸):惊呼。糜:碎烂。 ⑤ 奄:忽然。 ⑥ 宽大:宽慰。 ⑦ 视:看。息:呼吸。"强视息"是说勉强活下去。 ⑧ 聊赖:依靠慰藉。 ⑨ 新人:指董祀。 ⑩ 勖(xù序)厉:勉励。厉:同"励"。 ⑪ 捐废:被遗弃。

挟持了天子以增强自己的势力。
国内兴起了忠义的军队，
要想一起来讨伐那叛逆。
董卓的人马出关东下，
甲衣在日光下闪着金光熠熠。
中原的人民本来就脆弱，
董卓军中却多有强悍的氐羌。
乱军劫掠农村又围攻城池，
所到之处家破人亡骨肉相离。
杀绝斩尽寸草不留，
死人的骸骨如山样堆积。
马旁挂着男子的头颅，
马后带着掳掠的妇女。
长驱直下西入函谷关，
遥远的道路艰险崎岖。
回望家乡渺渺茫茫，
心痛如割呀痛裂了肝脾。
被掳的人民成千上万，
却不准他们相互集聚。
即便是骨肉被抓在一起，
想说话却不敢开口言语。
只要稍稍不合他们心意，

便说"杀了你们这些俘虏,
该让你们都挨一刀,
不想让你们再活下去"。
被虏者哪里敢贪恋性命,
实在受不了那咒骂像刀一般尖利。
时时地便有棍棒加身,
怨恨和痛苦交并在一起。
早起行路总是泪落涟涟,
晚来苦坐更是悲伤不已。
想死却不能痛快地死,
想活,生路又在哪里?
苍天啊,我们有何罪,
竟遭受这般祸难灾异?

荒僻边野和我中华不同,
少讲道理,风俗实在野蛮。
住所常年是雪冷霜寒,
春夏的疾风又猛如席卷。
哗啦啦掀动我的衣襟,
呼呼地吹在我的耳边。
时节变易更想念父母,
整日里不停地哀愁悲叹。

有人从内地来到这里，
听到后总是非常喜欢。
迎上前打听亲友的消息，
却往往又不是来自乡关。
愿望终于意外地实现，
关内亲人来接我回家园。
虽然自己可以摆脱屈辱，
却又要丢下两个儿男。
亲生的骨肉连着人心。
这一别只怕再不能相见。
从此后生与死永远隔离，
怎忍心离开他俩独向南！
儿子上前抱住我颈脖，
问我想要去哪边？
"有人说母亲要离开这里，
离开后有没有回来的期限？
平日里母亲多仁爱，
到今日为何不再仁慈像从前？
我还是小孩子没有成年，
为什么您不把儿来顾念？"
见此情五脏都要崩裂，
恍恍忽忽如同发了痴癫。

痛哭中双手把爱子抚摩，
临出发又回头迟疑流连。
更有那同时被掳的同辈，
也前来告别送我回还。
羡慕我得以独自归家，
哀叫声使人碎裂肠肝。
马儿也为之站立徘徊，
车轮也为之停止不转。
旁观者无不悲泣抽噎，
过路人也不免落泪心酸。

走啊，走！生生割断了母子情，
匆匆赶路，一天天远去也不停。
遥遥三千里的漫长路途呵，
哪天我们母子才能再叙天伦？
亲生的孩子骨肉连心呵，
一想起便如同万箭穿胸！
回到家，家中已空无一人，
更没有一个中表近亲。
城镇变成了山林荒丘，
荆棘和艾蒿长满中庭。
到处是没有掩埋的尸骨，

暴露在旷野中散乱杂陈。
出得门来听不见人的声音，
只有那豺狼凄厉的嗥鸣。
对着自己孤独的影子，
肝肺碎裂不觉惊叫失声。
登上高处放眼眺望，
魂魄飞散不附身。
忽然间感到生命已将尽，
周围的人都来劝我宽心。
我只好再一次勉强活下去，
可活着又有啥乐趣和温馨？
既然已经把生命托付新人，
便当尽心力自勉自珍。
经过流离的人遭人轻贱，
怕的是被抛弃再步前尘。
人生一世能有多少光阴，
哀愁忧伤却将伴我终生！

古诗十九首

行行重行行

　　《古诗十九首》是东汉后期无名氏文人学习民歌所写的一组五言诗,本非一人所作,也不是一时所作。梁萧统因各篇风格相近,便将它们合在一起,收入《文选》,题名为《古诗十九首》。内容大都写夫妻、朋友间的离愁别绪和士人仕途失意的感慨悲哀,在一定程度上反映了当时社会的动荡不安,其中也有人生无常的感叹和宣扬及时行乐的消极思想。在艺术上,《古诗十九首》情真意切,抒写委婉尽致,语言朴素自然,言近旨远,语短情长,代表了当时文人五言诗的最高成就。

　　本诗是《古诗十九首》之一,写一个女子对

远离家乡的爱人的思念。先追叙初别,次写路远会难,再说自己的相思之苦和游子的行不顾返,最后向对方遥致深长的祝愿。全诗刻划生动,情致缠绵。

行行重行行①,与君生别离②。
相去万余里,各在天一涯③。
道路阻且长④,会面安可知?
胡马依北风⑤,越鸟巢南枝⑥。
相去日已远⑦,衣带日已缓⑧。
浮云蔽白日⑨,游子不顾返。
思君令人老,岁月忽已晚。
弃捐勿复道⑩,努力加餐饭。

---

① 重行行:是说走个不停。两"行行"重叠,是为了加重语气,也含有越走越远的意思。 ② 生别离:活生生地分开。 ③ 天一涯:天的一方。 ④ 阻:险阻,艰险。 ⑤ 胡马:北方胡地所产的马。 ⑥ 越鸟:南方越地的鸟。以上两句是拟为思妇悬想之辞,说鸟兽尚且依恋故土,那游子就不思念故乡吗? ⑦ 已:同"以"。远:这里指时、地的久远。 ⑧ 缓:宽松。衣带宽松表示人因相思而消瘦。 ⑨ 浮云蔽白日:比喻游子在外心有所惑。 ⑩ 捐:和"弃"同义,丢开。

【翻译】

不停地走啊不停地走,

生生地和你分开了手。

两人相隔万里之遥,

你我各在天的一头。

道路艰险又多么漫长,

不知重逢在什么时候?

胡马南来依恋着北风,

越鸟北飞筑巢还在南枝头。

相离呵一天天地久远,

衣带呵一天天地松缓。

总是那浮云遮蔽了太阳,

游子才不知道回还。

想念你让我过早地衰老,

一年的时光又快要过完。

——这一切都丢开不再去谈,

只希望在外的人多多加餐。

青青河畔草

这是《古诗十九首》之二,写思妇怀人。首二句写春天景色,次四句写女子的姿容仪态,复次二句交代女子的身世,末二句,诗人劝诫游子不要久滞他乡。正当春光明媚的季节,诗中的女子"凝妆上翠楼",倚窗眺望,看到园中茂密的柳树,使她想到了当年与丈夫依依惜别的情景(汉人有"折柳赠别"的风俗);看到河畔绵延不尽的青青春草,更把她的思绪带到了遥远的地方。面对着骀荡的春色,这位年华似锦的少妇,自然会思念着远游不归的丈夫。接着交代了这位"春日凝妆上翠楼"的少妇的身世,向游子揭示了少妇"空床难独守"的内在心理,言外劝诫之意,是很显明的。本诗开头六句连用六个叠词,摹写客观事象的意态情状生动传神,无单调板滞的感觉,却有一种珠玉流走的音节之美。

青青河畔草,郁郁园中柳①。
盈盈楼上女②,皎皎当窗牖③。
娥娥红粉妆④,纤纤出素手。
昔为倡家女⑤,今为荡子妇⑥。
荡子行不归,空床难独守。

【翻译】

河边的草儿青青翠翠,

园中的柳树郁郁苍苍。

那玉立亭亭的楼上女子,

有如皎皎的明月,站在窗儿旁。

娟娟美貌,衬上红粉的妆饰,

纤纤细手,轻轻扶着绿窗。

从前轻歌曼舞的乐伎,

---

① 郁郁:茂盛的样子。 ② 盈盈:仪态美好的样子。 ③ 牖(yǒu 有):窗。 ④ 娥娥:娇美的样子。 ⑤ 倡家女:歌舞伎。 ⑥ 荡子:等于说"游子",在外乡漫游的人。

如今成了游子的妻房。
游子出门久不回家，
她独自一人，难守这空床。

青青陵上柏

这是《古诗十九首》之三,写一个失意士人的所见和所感。诗的开头,托物起兴,用"陵上柏"、"涧中石"的永恒长存来反衬人生的短暂,短暂得就像旅客匆匆远行一样。显然,这是诗中主人公在饱受了困顿酸辛之后所发出的感叹。正因如此,诗人的生活态度便有了几分玩世不恭、游戏人生的味道:斗酒便能行乐,劣马亦可出游。透过他冷眼所见的繁华胜地洛阳、宛县,则是甲第林立、宫阙巍峨,上层的权贵们正自成集团,往来奔走,声色犬马,极意享乐。在这歌舞升平、满目繁华之中,隐隐透露出一个社会在走向衰微没落的征兆。而在诗人的自我解嘲、故作旷达之中，我们也还是能体察到他内心深处的抑郁难平之气。

  青青陵上柏，磊磊涧中石①。
  人生天地间，忽如远行客。
  斗酒相娱乐，聊厚不为薄②。
  驱车策驽马③，游戏宛与洛④。
  洛中何郁郁⑤，冠带自相索⑥。
  长衢罗夹巷⑦，王侯多第宅。
  两宫遥相望，双阙百余尺⑧。
  极宴娱心意，戚戚何所迫⑨！

【翻译】

  陵墓旁的松柏四季常青，
  山涧里的石头累叠长存。

---

  ① 磊磊：众石堆积的样子。　② 聊：姑且。"聊厚不为薄"是说斗酒为娱，这种生活享受本不算什么，但如感到满足，以为厚而不以为薄，那也就得到欢乐了。　③ 驽(nú 奴)马：劣马。　④ 宛与洛：指东汉时的南阳郡宛县和京城洛阳，是当时最繁华的都市。　⑤ 郁郁：形容气象繁盛的样子。　⑥ 冠带：指贵人。索：探访。　⑦ 罗：列。　⑧ 双阙：宫门前的两座望楼。　⑨ 戚戚：忧愁的样子。

人生在广阔的天地之间，
来去匆匆，就像那远行的旅人。
有斗酒便能行乐消忧，
且以此为满足更不想海味山珍。
驾起车儿鞭打着劣马，
来到宛县、洛阳，闲逛漫行。
洛阳城是多么繁华热闹，
贵人们管自在结交访问。
四通的大街旁罗列着小巷，
到处是王侯们的府第门庭。
南与北两座皇宫遥遥相对，
宫门前百尺望楼双双入云。
权贵们穷奢极欲尽情享乐，
我一人又何必愁思难平？

今日良宴会

这是《古诗十九首》之四,写因听曲而心有所感。开头四句先从宴会写起:觥筹交错,丝管纷纷,的确是热闹非凡。人们都在欣赏着美妙的乐声,但却只有知音者才能体察那曲中的真意。接着,作者便借阐述曲中真意,说了一番当时许多人心中所想而口中未说的话,大意是人生短暂,应及时谋取功名富贵;不必甘守贫贱,枉受苦辛。"何不策高足,先据要路津",说得直言不讳,毫不掩饰,这里面当然有着热衷仕进富贵的成份,但也必须看到:这是当时社会中落魄失意之士的感愤自嘲、牢骚不平之语;同时,这种激切直露的言辞在一定程度上也是对当时社会中虚伪矫饰的士风的一种逆反表现。

今日良宴会,欢乐难具陈①。

弹筝奋逸响②,新声妙入神。

令德唱高言③,识曲听其真④。

齐心同所愿,含意俱未伸。

人生寄一世,奄忽若飙尘⑤。

何不策高足⑥,先据要路津⑦?

无为守穷贱⑧,轗轲长苦辛⑨。

【翻译】

今日的宴会精彩纷呈,

欢乐的事儿述说不尽。

弹筝鼓瑟不同凡响,

时新歌曲美妙入神。

贤者发出了高论,

---

① 具陈:全部说出。 ② 奋:发出。逸响:超越寻常的音响。 ③ 令德:美德,这里指有美德之人,贤者。高言:高论。 ④ 识曲:识曲者,知音。真:曲中真意。 ⑤ 奄忽:迅速,急遽。飙(biāo彪)尘:被狂风卷起的尘土。 ⑥ 策:鞭打。高足:指快马。 ⑦ 津:渡口。 ⑧ 无为:不要。 ⑨ 轗轲(kǎn kě 坎坷):车行不利,引申为人的不得志。

深知曲中意还须那知音。
人人心中都有的意愿，
还没全用言语来挑明：
人生一世如那旅人投宿，
快得像狂飙卷起的风尘；
为何不鞭打着你的快马，
占要道、谋高位、捷足先登！
不要再守着贫穷的日子，
在困顿失意中虚度此生。

西北有高楼

这是《古诗十九首》之五,也是写听曲的感受。全诗都从一个楼外人——听者的角度来写:前四句是听者所见,写歌者所在的地方;中八句是听者所闻,写从高楼上飘来的歌声;末四句是听者所感,由听曲而引起了对歌者的同情和对知音稀少的感叹。诗中用虚笔来写那位楼中的歌者:她的年龄容貌、衣着举止、身世遭遇都被隐去了,只写其居处楼阁的华丽精工、高耸入云和那从浮云深处飘来的弦歌声的悲感动人,造成了一种空灵缥缈的意境,令人遐想无穷;"不惜歌者苦,但伤知音稀"两句,写得宛转曲达,言浅意深:听者(也就是诗人自己)感叹无人能理解那歌者的痛苦,成为她的知音,这同时又是诗人在借此慨叹自己也缺少知己;而这一共通之点,又把诗人与歌者在感情上联结了起来,产生了情绪上的共鸣。

西北有高楼,上与浮云齐。
交疏结绮窗①,阿阁三重阶②。
上有弦歌声,音响一何悲!
谁能为此曲,无乃杞梁妻③。
清商随风发④,中曲正徘徊⑤。
一弹再三叹⑥,慷慨有余哀。
不惜歌者苦,但伤知音稀。
愿为双鸿鹄⑦,奋翅起高飞。

---

① 交疏:交错地镂刻。绮:有花纹的丝织品。"结绮窗"指窗上刻着像丝织品花纹一样的格子。 ② 阿阁:四面有曲檐的楼阁。 ③ 杞梁:春秋时代齐国的大夫,出征莒(jǔ 举)国,死于莒国城下,他的妻子哭了十天,然后自杀。乐府《琴曲》有《杞梁妻叹》,据说是杞梁妻作,或说是杞梁妹朝日所作。这里的"杞梁妻"是指有像杞梁妻那样深重悲哀的人。 ④ 清商:指《清商曲》,乐曲名。 ⑤ 中曲:乐曲中段。 ⑥ 叹:和声。《乐记》:"一倡而三叹",是一唱三和的意思。 ⑦ 鸿鹄(hú 胡):一作鸣鹤。善飞的大鸟。

【翻译】

西北方有一座高楼，

与漂浮的白云相齐。

窗户刻成玲珑的花格，

阁门有三重的阶梯。

楼上传来弹唱的声音，

歌声多么哀婉悲凄！

是谁弹出这样的乐曲？

莫不是杞梁的寡妻？

《清商》的乐声随风飘散，

回环往复的曲子特别凄厉。

一唱三叹，缠绵宛转，

曲声中透出哀伤失意。

歌者的痛苦不足惜，

伤心的是知音难觅。

愿和她成为双飞的大鸟，

展翅高飞云中比翼！

涉江采芙蓉

这是《古诗十九首》之六,写一位飘流异地的游子,思念在家乡的妻子。开头先写游子采花欲有所赠;次写所思之人在"远道",无法送达;接下来再写游子望乡而茫无所见,这就在"采芳而不能赠远"之外又添上了一层失望伤心;末两句直抒胸臆,写同心之人偏各一方,忧伤终难排遣。

涉江采芙蓉①,兰泽多芳草②。

---

① 芙蓉:莲花。 ② 泽:低下聚水之地。"兰泽"是生长着兰草的水泽,"芳草"即指兰而言。上句的"采"也包括本句,言不仅涉江采莲花,又入泽采兰草。

采之欲遗谁？所思在远道①。

还顾望旧乡，长路漫浩浩②。

同心而离居，忧伤以终老。

【翻译】

　　来到江上采莲花，

　　泽中有兰多芬芳。

　　采来芳草送给谁？

　　心上人儿在远方。

　　回过头来望故乡，

　　归路漫漫长又长。

　　同心相隔在两地，

　　只怕到老也忧伤。

---

　　① 远道：远方，即下文说的"旧乡"。　② 漫：是"漫漫"的省词。"漫漫浩浩"形容路的悠长无边。

明月皎夜光

　　这是《古诗十九首》之七,是一首失意之士感叹世态炎凉的诗。全诗分成两部分。前半部分写时序的变易:秋冬之交,蟋蟀鸣、白露降,还有那秋蝉、燕子都在眼前,忽而时令就已到了寒气袭人的十月孟冬;这一部分实际是托物起兴,以时节的变易兴起后半部分人情的翻覆无常:昔日同门受业、携手情深的学友,一旦得意发迹,便不念旧情、抛弃故交,因此引起了诗人"虚名复何益"的感慨。

明月皎夜光,促织鸣东壁①。玉衡指孟冬②,众星何历历③。白露沾野草,时节忽复易。秋蝉鸣树间,玄鸟逝安适④?

　　昔我同门友,高举振六翮⑤。不念携手好,弃我如遗迹。南箕北有斗⑥,牵牛不负轭⑦。良无盘石固⑧,虚名复何益?

【翻译】

　　清空明月发出皎洁的辉光,

　　东面屋壁下,蟋蟀在瞿瞿地鸣响。

　　斗柄又指向了孟冬十月的方位,

---

① 促织:蟋蟀。　② 玉衡:指北斗七星中的第五至第七星。北斗七星形状像舀酒的斗,第一星至第四星成勺形,叫斗魁;第五星至第七星成一条直线,叫斗柄,名为玉衡。由于地球绕日公转,从地球上看,斗柄每月都变一方位,所以古人根据斗柄所指方位的变换来辨别时令的推移。孟冬:冬季的第一个月(夏历十月)。　③ 历历:分明的样子。　④ 玄鸟:燕子。逝:往,去。安适:到什么地方去。　⑤ 翮(hé 核):羽根。六翮:鸟有六羽根,所以称六翮。　⑥ 南箕:星名,形似簸箕。北斗:星名,形似斗(舀酒器)。　⑦ 牵牛:指牵牛星。负轭(è 厄):指拉车。轭是牛车前的横木,压在牛的颈上,牛拉车就必须要负起轭来。以上二句是互文见义:牵牛星不能拉车,是空有其名,南箕星、北斗星也都空有其名。　⑧ 盘石:大石。

夜幕上满天星斗多么明亮。
秋天的露水才把野草沾湿，
一忽儿冬日又翩然临降。
秋蝉抱着树枝悲鸣，
那燕子又将飞往何方？
昔日和我同窗的好友，
羽翼长成便展翅高翔。
不再想当日携手同行的情分，
抛弃我像行人抛弃脚印一样！
南箕、北斗，不能扬米去糠舀美酒，
牵牛星，让它去拉车也难担当。
既没有巨石般坚固的交情，
挂个"朋友"的虚名又有啥用场！

冉冉孤生竹

　　这是《古诗十九首》之八,是一首写新婚久别的怨诗。诗的开头,用孤竹结根山坳、兔丝缠附女萝,来比喻女主人公已及时婚嫁、幸有所托(这在客观上也反映了封建社会中妇女对男子的依附性);但婚后丈夫便远游他方。自己千里来嫁,已属不易;如今不能相聚,更生久别相思。于是便因相思而憔悴早衰,因久别独处而生迟暮之感。最后以丈夫在外一定会守志不渝来安慰自己——其实这种自慰正反映了女主人公内心深处的隐忧。

冉冉孤生竹①,结根泰山阿②。
与君为新婚,兔丝附女萝③。
兔丝生有时,夫妇会有宜④。
千里远结婚,悠悠隔山陂⑤。
思君令人老,轩车来何迟⑥。
伤彼蕙兰花,含英扬光辉⑦;
过时而不采,将随秋草萎。
君亮持高节⑧,贱妾亦何为?

【翻译】

嫩弱的竹子孤独无靠,
根儿扎在大山的山曲。
和你新婚结成了夫妻,
就像兔丝把松萝来攀依。
兔丝花开有一定的时节,
夫妻也应该及时地相聚。

---

① 冉冉:柔弱下垂的样子。 ② 泰山:同"太山",大山。阿:山坳,山曲。 ③ 兔丝:旋花科蔓生植物,夏季开淡红小花。女萝:即松萝,一种地衣类蔓生植物。 ④ 会:相聚。宜:指适当的时间。 ⑤ 陂(bēi 悲):水泽。"山陂"等于说"山水"。 ⑥ 轩车:有屏幛的车,古时大夫以上乘用,这里指女主人公的丈夫归来时所乘之车。 ⑦ 英:花。 ⑧ 亮:同谅,诚。

离家千里来和你成亲，
谁料婚后又山水隔离！
想念你呵使我早衰老，
不见车马何时是归期？
可叹那兰花蕙花开在春天里，
含苞吐蕊光彩多艳丽；
过时不采很快就凋谢，
随着秋草枯萎令人真痛惜。
——夫君钟情守志定不移，
我又何必自怨自猜疑！

冉冉孤生竹

庭中有奇树

这是《古诗十九首》之九。本篇和《涉江采芙蓉》一样,都是怀人的诗,写心有所思在远方,采来芳草却不能寄送。所不同者,《涉江采芙蓉》是写游子思念在家的妻子,本篇则写思妇想念在外的情人。作品篇幅短小、语言平浅,但却情深意曲,宛转蕴藉。先从庭树的叶绿花繁写起,在这与女主人公朝夕相伴的"奇树"的不断生长变化中,潜藏着她心有所思、日受煎熬的哀苦;接着写她采下花儿欲赠情人,却又路远莫致,"馨香盈怀袖"写出了她的怀恋痴迷而又无可奈何之状;末二句写花原不足贵,只望能借其传递自己的万缕情丝,而现在无法送达,则反使我愁绪愈深,思情更浓。

> 庭中有奇树①,绿叶发华滋②。
> 攀条折其荣③,将以遗所思。
> 馨香盈怀袖,路远莫致之。
> 此物何足贡④?但感别经时。

【翻译】

庭中有树真美丽,
叶儿碧绿花似锦。
攀着枝条采鲜花,
想要送给心中人。
香气袭人满怀袖,
路远难送空费心。
小小花儿何足贵,
但感久别思念深。

---

① 奇树:嘉树,佳美的树木。　② 发:开。华:花。滋:盛。
③ 荣:花。　④ 贡:一作"贵"。

迢迢牵牛星

这是《古诗十九首》之十,本诗写织女隔着银河遥望牵牛的愁苦心情。牵牛织女,分处于天河南北;两情依依,相望却不能相语,只有在每年七月初七之夜,这对恩爱夫妻才能在鹊桥进行短暂的相会。这一动人的故事,是我国古代千百年来众口相传、家喻户晓的民间传说,它从最初产生到形成完整的故事,经历了一个不断丰富、不断发展的过程。早在《诗经·大东》篇里,就第一次出现了牵牛、织女二星,而本诗的出现,则说明牛女故事到了东汉末年已趋向定型化。神话传说往往是社会现实生活的折射和投影,本诗正是借天上的牛、女双星,写封建社会中青年男女相爱而受压抑限制的痛苦。通篇写景,但却情意深挚,哀怨动人。首尾六句用叠字起头,状物拟声,各臻其妙,自然生动,音律铿锵。

迢迢牵牛星①,皎皎河汉女②。
纤纤擢素手③,札札弄机杼④。
终日不成章⑤,泣涕零如雨⑥。
河汉清且浅,相去复几许?
盈盈一水间,脉脉不得语⑦。

【翻译】

织女、牵牛,两颗星遥遥相对望,
夜空之中,闪动着晶亮的辉光。
那织女摆动着一双纤纤细手,
穿引着织机梭子札札作响。

---

① 迢迢:遥远的样子。牵牛星:天鹰星座主星,在银河南,俗称扁担星。 ② 河汉:银河。河汉女:指织女星,天琴星座主星,在银河北,与牵牛星隔银河相对。 ③ 擢(zhuó 浊):举,摆动。 ④ 札札:织机声。杼(zhù 住):梭。 ⑤ 章:指布匹上的经纬纹理。 ⑥ 涕:泪。零:落。 ⑦ 脉脉:含情凝视的样子。

整日里心烦意乱织不成布匹，
泪满面就像那雨水流淌。
天河里的水呵又清又浅，
两星间的距离又能有多长？
只隔了清泷泷的一道河水，
脉脉凝望，却不能倾诉衷肠！

回车驾言迈

这是《古诗十九首》之十一,是一首说理诗。诗一开头就出现了一个在悠悠长路上驾着车儿不知所往的孤独者的形象;接着,诗人由时序的变化推移、客观景物的代谢更新而感叹人生短暂、年华易逝;最后归结到应及时立身、谋取荣名。全诗较真切地反映了当时社会中失意士人在现实生活与理想追求之间的矛盾和苦闷心情。虽是在诗中说理,但并不是抽象议论,而是将说理、写景、叙述结合起来;在写景之中,由于诗人内心寂寞悲凉的感情基调,因而使得明媚的春天景色,也染上了一层萧索暗淡的色彩。

回车驾言迈①,悠悠涉长道。
四顾何茫茫,东风摇百草②。
所遇无故物,焉得不速老?
盛衰各有时,立身苦不早。
人生非金石,岂能长寿考③?
奄忽随物化④,荣名以为宝。

【翻译】

掉转了车头驾车远行,
长途漫漫呵跋涉古道。
眼望着四野茫茫无边,
只见那春风吹动百草。
万物变化不见旧时的光景,
人啊,又怎能不很快变老!
事物的盛衰各有定时,
建功立业怕就怕不早。
人生不能如金石般坚固,
怎能够稳保得长寿年高?
生命在倏忽间化作异物,
荣誉声名才是可贵的珍宝!

---

① 回:掉转。言:语助词。迈:远行。 ② 摇:吹动。
③ 长寿考:即"长寿"之意,考:老。 ④ 物化:死亡。

东城高且长

这是《古诗十九首》之十二。诗中写的是一个客中的游子，由眼前的景物变化，想到岁月的飞速流逝，因而想要放情自娱、尽兴游乐，以此来消除心中的烦忧。接着便有燕赵佳人当户理曲的描写（古时燕赵之地多产美女，其中不少人是以歌舞娱客为业的乐伎，本诗中的"燕赵佳人"可能就是指这种乐伎）。从弹者那悲感动人的乐声中，诗人也许联想到了自己过去的身世经历，产生了情感上的共鸣，因而对弹者萌生了慕恋之心，进而想和她成为双飞之燕。

东城高且长,逶迤自相属①。回风动地起②,秋草萋已绿③。四时更变化,岁暮一何速。《晨风》怀苦心④,《蟋蟀》伤局促⑤。荡涤放情志⑥,何为自结束⑦?

燕赵多佳人⑧,美者颜如玉。被服罗裳衣⑨,当户理清曲⑩。音响一何悲,弦急知柱促⑪。驰情整中带⑫,沉吟聊踯躅⑬。思为双飞燕,衔泥巢君屋。

【翻译】

洛阳的东城又高又长,

高高的城墙曲折连绵;

迅猛的旋风卷地而起,

---

① 逶迤(wēi yí 危移):曲折而绵长的样子。属:连。 ② 回风:旋风。 ③ 萋:同"凄"。绿:指黄绿色。 ④《晨风》:《诗经·秦风》中的篇名。《晨风》是写女子怀人的诗,诗中说"见不着我的人儿,我的心忧思重叠",情调比较哀苦。 ⑤《蟋蟀》:《诗经·唐风》中的篇名。《蟋蟀》诗写因岁暮而感到时光易逝,因而想要及时行乐。 ⑥ 荡涤:冲洗,指清除心中烦恼。 ⑦ 结束:拘束。 ⑧ 燕赵:在今河北、山西一带。 ⑨ 被:同"披",穿着。 ⑩ 理:温习。清曲:指《清商曲》。 ⑪ 弦急:指演奏的曲子调门高、旋律节拍快。柱促:古代琴瑟等乐器弦上有柱,可上下移动,以定声音的清浊高低。"柱促"则弦紧,调门高。 ⑫ 驰情:神往。整:理。中带:单衫。 ⑬ 沉吟:指心里沉思斟酌。

凄凄的秋草由绿转黄。
一年四季交替地变化，
转眼间岁暮又在眼前。
《晨风》曲怀愁心悲苦，
《蟋蟀》歌忧伤不舒展。
人生自应该洗尽烦忧宽情怀，
何必要作茧自缚、愁眉苦脸？
不见那来自燕赵的美女有多少，
玉样的肌肤，花般的容颜。
身穿华美的丝绸衣，
对着门窗，把《清商曲》奏弹。
曲调是多么哀怨感人，
弦声急切，便知是将琴柱移前。
曲声令人神往，不觉整整我的衣衫，
脚步欲移又犹豫，心中在斟酌盘算。
我愿作一只燕子，和你双双齐飞，
衔来泥土，把巢筑在你的屋檐。

驱车上东门

这是《古诗十九首》之十三,是一首反映时代动乱阴影下人们对现实与人生看法的诗歌。诗人因人皆有死,而服药求仙又不如愿,因而导致采取生前作乐、追求眼前欢愉的消极人生态度。这种态度当然是应该批判的。全诗在艺术上直抒胸臆,不可遏抑。前八句言死者,夹叙夹议。后十句写生者,凡四转折,每转都似不着痕迹,可谓意激于内,气奋于外。

驱车上东门①,遥望郭北墓②。白杨何萧萧③,松柏夹广路④。下有陈死人⑤,杳杳即长暮⑥。潜寐黄泉下⑦,千载永不寤⑧。浩浩阴阳移⑨,年命如朝露。人生忽如寄,寿无金石固。万岁更相送⑩,圣贤莫能度⑪。服食求神仙,多为药所误⑫。不如饮美酒,被服纨与素⑬。

【翻译】

车到洛阳城东门,

遥望邙山累累坟。

墓道萧萧白杨声,

松柏夹路气阴森。

墓里纵横久死人,

如堕暗夜永不明。

---

① 上东门:汉代洛阳城东有三门,最北的是上东门。② 郭北墓:汉时习俗,人死后多葬城北。此指洛阳城北邙山的墓葬群。③ 萧萧:风吹树叶声。④ 广路:墓道。⑤ 陈:久。⑥ 杳杳:幽暗。即:就。长暮:长夜,以比墓中长暗。⑦ 潜寐:默睡。⑧ 寤:醒。⑨ 浩浩:水流无边无际、无穷无尽的样子。阴阳:春夏为阳,秋冬为阴。阴阳移:即四时运行。⑩ 万岁句:这一句说人生一代一代更递相送,千秋万岁,永无了时。⑪ 度:超越。莫能度:不能超越生死递送的规律。⑫ 服食:即服药吞丹。此与下句"药"为互文见义。药:丹药。⑬ 被服:穿着。纨与素:见《怨歌行》注。

默默长卧黄泉下，
千年万年永不醒。
四时运行无停歇，
命如朝露短时尽。
人生匆促如寄宿，
寿命怎有金石坚？
自古生死相更替，
圣贤难过生死关。
服食丹药想成仙，
常被丹药来欺骗。
不如寻欢饮美酒，
穿绸着锦乐眼前。

去者日以疏

这是《古诗十九首》之十四,写一个游子因过墓墟而引起强烈的思乡情绪。首二句慨叹死者日疏而生者日亲,中六句由废墓而触发悲愁的衷情,末二句言思念故乡、欲归不能的苦衷,流露出一定的伤感情调。全诗语瘁情悲,变化自如,其来无端,其止无尾。

去者日以疏①,来者日以亲②。
出郭门直视③,但见丘与坟④。

---

① 去者:指死者。以:已。疏:阔、远。 ② 来者:指生者。《文选》即作"生者"。 ③ 郭门:外城的城门。直视:张目注视。 ④ 丘:丘墓。

古墓犁为田①,松柏摧为薪②。

白杨多悲风,萧萧愁杀人。

思还故里闾③,欲归道无因④。

【翻译】

死的,音容一天天消失。

生的,欢爱一天天相亲。

外城门外注视远景,

只见圆丘和荒坟。

墓废成田被犁耕,

墓边松柏砍成薪。

白杨树头悲风紧,

风声萧萧愁煞人。

愁思遥遥绕故乡,

想要归去却无因。

---

① 犁:农具。这里作动词用,耕。 ② 摧:折、砍断。薪:柴。 ③ 还:与"环"同。"环":绕。里:古代五家为邻,二十五家为里。后以"里"泛指居所,为人户聚居之地。闾:里门。故里闾:故乡。 ④ 因:因由、缘由。

生年不满百

　　这是《古诗十九首》之十五,诗旨与前《驱车上东门》相近,宣扬的是人生短促无常,应该及时行乐。首四句忽起奇想,以人生短暂起及时行乐之由,再以未来难以捉摸,衬更应进一步及时行乐之旨;末二句又换另一副笔墨,以仙人难待再证应早早及时行乐。常怀苦忧、秉烛夜游,都是颓唐享乐的消极思想的表现。汉乐府诗有一首《西门行》,其中诗句与此诗大抵相仿,可能此诗是从它演变而来。《西门行》有讽刺吝啬鬼与求仙者的内容,此诗也有一些警诫、讥刺的意味。全诗仅就一"时"字着笔,立意旷远,重章累叹,诗意深永。

生年不满百①,常怀千岁忧②。

昼短苦夜长③,何不秉烛游④!

为乐当及时⑤,何能待来兹⑥。

愚者爱惜费⑦,但为后世嗤⑧。

仙人王子乔⑨,难可与等期⑩。

【翻译】

人生不能满百岁,

却常常为了不满千岁发愁。

昼短夜长苦难留,

怎不持烛恣意来行游?

人生作乐当及时,

怎能犹豫待来秋?

---

① 生年:人的一生。 ② 千岁忧:以生年不满千岁为忧。 ③ 昼短苦夜长:意为苦昼短与夜长。 ④ 秉:持、执。秉烛:古时夜间燃烛而照明,有人用手拿着,所以叫秉烛。此处泛指夜间点烛。秉烛游:持烛夜游。 ⑤ 为乐:作乐。 ⑥ 来兹:来年。未来的岁月。 ⑦ 爱惜:吝惜。费:费用,指钱财。 ⑧ 嗤:轻蔑地讥嘲。 ⑨ 王子乔:传说中的仙人名,为周灵王太子,名晋,好吹笙作凤鸣,后被浮丘公接引上嵩山成仙。 ⑩ 与:与下省代词之,指王子乔。等:同。指同王子乔一样成为仙者。期:会。期会:机缘。这句诗的意思是:要同仙人王子乔同样成仙,这样的机缘是很难得到的。

愚人吝惜钱财不肯花，
终被后世笑不休。
想学仙人王子乔，
只怕难以等同空追求。

凛凛岁云暮

这是《古诗十九首》之十六,是一首描写家居的思妇思念游子的诗。首四句全写岁时,一景一物,已届深秋;再二句由游子未备寒衣转入思妇自身;中八句承写思妇梦见丈夫,由自身的冷落与丈夫的亲昵,更衬托出其思念的情深;末六句写梦醒后伤感、无聊的苦况。足见思妇对游子的思之切、爱之深,而又不自知如此。诗境奥曲,读来凄其欲绝。

凛凛岁云暮①,蝼蛄夕鸣悲②。凉风率已厉③,游子寒无衣④。锦衾遗洛浦⑤,同袍与我违⑥。独宿累长夜⑦,梦想见容辉⑧。良人惟古欢⑨,枉驾惠前绥⑩。愿得常巧笑⑪,携手同车归⑫。既来不须臾⑬,又不处重闱⑭。亮无晨风翼⑮,焉能凌风飞⑯? 眄睐以适意⑰,引

---

① 凛凛:寒气甚冷。云:语助词。一般无义。 ② 蝼蛄(lóu gū 娄咕):害虫名,体长寸余,褐色,四足,头如狗形。俗呼土狗,喜夜鸣。 ③ 率:大都。厉:猛烈。 ④ 游子:泛指。 ⑤ 锦衾:锦被。洛浦:洛水之滨,指洛妃,即洛神。此因丈夫久出不归,思妇怀疑他有新欢,竟把锦被送与"洛妃"。 ⑥ 同袍:原是人民共赴国难之情。此指夫妇"同衾",指夫妇之情。违:抛弃、离异。 ⑦ 累:积、增。 ⑧ 容辉:即容颜,指丈夫的风姿。 ⑨ 良人:古代妻子对丈夫的敬称。惟:思。古:故。欢:双关语。既指意中人,也指情爱。惟古欢:既指思念故人(思妇),又指怀念旧日的欢情。 ⑩ 枉:屈。枉驾:不惜委屈自己,驾车前来。惠:赐予。绥:挽人上车的绳索。惠前绥:思妇梦中出现情景,依然是初婚时丈夫驾车而来。把绥授给自己,引自己上车,所以说"惠前绥"。 ⑪ 巧笑:形容女子笑容可掬。此用《诗经·卫风·硕人》之典。 ⑫ 同车:用《诗经·邶风·北风》、《诗经·郑风·有女同车》等成语。表夫妇间亲密的感情。 ⑬ 来:指梦中见其夫来。须臾:片刻。不须臾:不一会儿。 ⑭ 闱:闺。重闱:深闺,女子所处。 ⑮ 亮:谅,信,实在。晨风:鸟名,即鹯,善飞。 ⑯ 凌风:乘风。 ⑰ 眄睐(miǎn lài 缅赖):原为斜视貌,此指纵目四顾。适:宽慰。适意:遣怀、舒心。

领遥相睎①。徙倚怀感伤②,垂涕沾双扉③。

【翻译】

　　天寒岁末人不归,
　　蟪蛄夜鸣声声悲。
　　寒风阵阵渐凄厉,
　　游子未把寒衣备。
　　锦被是否已经赠"洛妃"?
　　本是同心人,现在或许弃恩爱。
　　离居独宿一夜接一夜,
　　入梦恍见郎君好风采。
　　他仍旧思念旧时欢,
　　还像初婚那样驾车来。
　　愿见我娇容笑常在,
　　携手同车一起归!
　　郎君既来忽又走,
　　并没有双双相处在深闺。
　　实无鹥鸟善飞双翅翼,
　　怎能乘风把夫随?

―――――――――

　　①引领:伸颈。睎(xī希):望。 ②徙倚:徘徊。 ③扉:门扇。

纵目四顾且宽怀，
伸颈远望两心相安慰。
心怀感伤独徘徊，
弹泪打湿双门扉。

孟冬寒气至

这是《古诗十九首》之十七,也是一首思妇怀念丈夫的诗。诗先写寒冬夜长难熬,思妇不能入眠,以月圆、月缺,隐喻时离时合。然后追述三年前丈夫的寄书情景,全诗至此陡开境界,别诉怀抱,在无可奈何中怀旧,使诗意深化。末四句写思妇久久珍重来书,而丈夫却远在天涯,因此萌生丈夫不察自己一片痴情的担忧感。全诗深情婉曲,愈味愈旨。

孟冬寒气至①,北风何惨慄②。愁多知夜长,仰视众星列③。三五明月满④,四五蟾兔缺⑤。客从远方来,遗我一书札。上言长相思,下言久离别。置书怀袖中,三岁字不灭⑥。一心抱区区⑦,惧君不识察⑧。

【翻译】

初冬寒气阵阵来,

北风号呼好凛冽。

愁多夜长难入睡,

独起仰看繁星列。

十五圆月洒银辉,

二十月圆变月缺。

有客打从远方来,

丈夫寄我信一叠。

信前先诉"相思怀",

---

① 孟冬:冬季第一个月,即农历十月。寒气:即北风。 ② 惨:心情不畅。慄:冷得发抖。惨慄:寒极貌。疑应作"栗列"。 ③ 列:罗列。 ④ 三五:一个月的十五日(指农历)。 ⑤ 四五:一个月的二十日(农历)。蟾兔:相传月中有蟾蜍(癞蛤蟆)和玉兔,故以二者为月的代称。十五月圆,十五过后月便渐缺。 ⑥ 灭:磨灭。 ⑦ 区区:见《羽林郎》注。 ⑧ 惧:担心、害怕。

后说常恨"久离别"。
紧把书信贴身揣,
三年之久字不灭!
一心执意把你爱,
痴情怕你不察觉!

客从远方来

这是《古诗十九首》之十八,这首诗也写思妇对丈夫的怀念。首四句,一、二为直叙其事,写客来送绮,使全诗顿生波澜,拓开意境;三、四句即事生情,是全诗描写的重点,点明形虽离神却合,透出惊喜之情。中间四句,写以丈夫赠绮缝被,将合欢、相思、结缘写入,生动地写出她内心的甜蜜。末以胶、漆相附为喻作结,正面点出诗的主题,表示对丈夫爱情的忠贞不渝、缠绵固结与融洽无间。这首诗洋溢着浓厚的民歌气息,双关等艺术手法用得工致贴切、清雅蕴藉;全诗语浅情深,篇短意长,是文人五言诗中吸取民间文学营养所写出的优秀诗篇之一。

客从远方来,遗我一端绮①。
相去万余里,故人心尚尔②。
文采双鸳鸯③,裁为合欢被④;
著以长相思⑤,缘以结不解⑥。
以胶投漆中⑦,谁能别离此⑧!

【翻译】

客从远方我夫那里来,

送我匹锦缎生光彩。

相去万里各在天一涯,

丈夫心里还是这般相爱。

锦缎上绣着双鸳鸯,

裁成合欢被儿称心怀。

---

① 一端:半匹。绮(qǐ乞):有花纹的丝织物。 ② 故人:指远离久别的丈夫。尚:犹。尔:如此。尚尔:依然还是这样。 ③ 文采:绮上所织花纹。 ④ 合欢:和合欢乐,古时多以之为器物名称。"合欢被"即其例。"合欢",象征夫妇同居。 ⑤ 著(zhù住):充填。长相思:指丝绵絮。"丝"谐"思";"绵"、"长"同义。 ⑥ 缘(yuàn怨):饰边。结不解:把饰边(一种丝缕)缝在被子的四周,不能解开。"缘"谐"姻缘";全句谐"结姻缘不解"。 ⑦ 胶、漆:两物均极粘,不能分开。喻夫妇亲密无间。 ⑧ 别离:及物动词,分开、拆散。此:指似胶漆一般固结缠绵的爱情。

长丝絮绵多多往里放，
再加饰边结不解。
似胶如漆粘得紧又紧，
此情无人能分开！

明月何皎皎

这是《古诗十九首》的最后一首。一种说法，这是思妇居室望夫之词；另一说法是游子久客思归之词。一般都采前说。月明夜静，对月生情。外无纷扰，内念却烈。忧愁中来，思恋远人。但空思无益，徒增伤戚，愁苦无告，只有彷徨垂泪。正如张玉谷《古诗赏析》所说："首四（句）即夜景引起空闺之愁。中二（句）申己之望归也，却从彼边揣度；'客行虽乐，不如早归'，便觉笔曲意圆。末四（句）只就出户入房，彷徨泪下，写出相思之苦，收得尽而不尽。"

明月何皎皎,照我罗床帏①。
忧愁不能寐,揽衣起徘徊②。
客行虽云乐③,不如早旋归④。
出户独彷徨⑤,愁思当告谁?
引领还入房⑥,泪下沾裳衣⑦。

【翻译】

明月皎皎如流水,

落我床前照罗帷。

愁思如潮难入睡,

推枕披衣起徘徊。

游子在外虽欢乐,

顺心怎如早家归?

静夜出门独徘徊,

---

① 帏:帷帐。罗床帏:即罗帐、罗帷。罗轻薄透光,所以睡在床上能见明月的皎洁。帏,一作"裳",疑非。 ② 揽衣:一说为敛衣。古人衣长,行走时须提敛而行。一说"揽衣"即披衣;"揽"为"持"、"拿"。从思妇在床透过罗帐望月及愁思难寐言,似应取后说为宜。 ③ 客行:一作"行客",误。 ④ 旋:同"还",回转。 ⑤ 彷徨:流连、徘徊。前"揽衣起徘徊"的"徘徊"在室内;此"彷徨"则在户外。 ⑥ 引领:见《古诗十九首·凛凛岁云暮》注。 ⑦ 泪下:一作"下泪"。裳衣:一作"衣裳",韵不叶,误倒。

缕缕愁绪诉向谁？
远望无益进房来，
泪湿衣衫心愈悲！

《古代文史名著选译丛书》编纂始末①

马樟根　安平秋

今年1月,《古代文史名著选译丛书》已经出到100种101册(其中《史记》为2册)。4月份,最后的33种也已交稿。这样,全书133种即将呈献在读者面前。② 一项服务当前、造福子孙的普及优秀古代文化、进行爱国教育的大工程将宣告完工了。回想

---

① 《古代文史名著选译丛书》由全国高校古籍整理研究工作委员会主持,古委会直接联系的18个古籍整理研究所为主要承担机构,章培恒、安平秋、马樟根任主编。本文于1992年4月,在《中国典籍与文化》杂志发表时题目是《衣带渐宽终不悔——〈古代文史名著选译丛书〉编纂始末》。这次将此文作为2011年修订版附录时,去掉原正标题,以原副标题为正式题目。　② 至1994年4月最后定稿时,全书为135部。2011年修订版出版时,全书为134部。

这一套丛书动员18所院校,投入100余人,从1985年筹划,1986年起步,到今天已度过了六七年的岁月,个中甘辛令人难以忘怀。

一、北大·苏州·北大
——酝酿与筹划

编纂这样一套丛书,起因于1981年7月。当时陈云同志派人到北京大学召开了小型座谈会。来人告诉与会人员陈云同志最近在考虑两个问题:一个是粮食,一个是古籍整理。对古籍整理,特别讲到陈云同志说:"整理古籍,为了让更多的人看得懂,仅作标点、注释、校勘、训诂还不够,要有今译,争取做到能读报纸的人多数都能看懂。有了今译,年轻人看得懂,觉得有意思,才会有兴趣去阅读。今译要经过选择,要列出一个精选的古籍今译的目录,不要贪多。"这就是后来收入《陈云文选》的那段话。1981年9月,中共中央关于整理我国古籍的文件中一字不差地强调了这段话。1983年,教育部成立了全国高校古籍整理研究工作委员会(简称古委会)。古委会主任周林同志根据中央和陈云同志意见,提出了组织力量今译古籍。但在当时,经过"文革"后的古籍整理工作百废待兴,加之一些学者对今译重要性的认识远非今日之深,这一工作一拖便是两年。

1985年5月,全国高校古委会在苏州召开了一届二次会议。周林同志在会上作了"人才培养和古代文化遗产普及问题"的专题发言,他分析了"解放三十多年来,由于'左'的路线干扰,特别是'文化大革命',几乎使我们的民族文化到了中断的边缘,出现了对古代文化知之不多,或知之甚少的状况",要教育界的同志"做好普及古代文化知识的工作",搞好古籍的今注今译就是其中的一项重要任务,"高校古委会要在这方面多下功夫","高校古籍研究所无疑应担负起这个任务"。他针对当时一些人轻视古籍的今注今译思想,呼吁"我们对于选本、今译等有利于教育普及的东西,应承认它的学术价值","《昭明文选》、《唐诗三百首》、《古文观止》等是地道的选本,流传几百年,发生那么大的影响,能说没有水平?""专家们深入浅出的在对古文献研究基础上的译注,对普及古代优秀文化作出重大贡献,算不算高水平的成果呢?""古文既要译得恰当、准确,又要通畅易懂,难度是很大的","为了社会主义精神文明建设,古籍整理这方面也要作出应有的贡献"。一石激浪,沉寂了几年的今译古籍的话题又重新活跃起来。会上作了一番认真讨论。

经过这样的酝酿,1985年7月,全国高校古委会科研项目评审组的专家们聚集在北京大学勺园,筹划编纂一套古籍今译的精选本。初步定名为《古籍今译丛书》,议定了收书范围、内容,开列了65种书的选目。并决定由科研项目专家评审组召集人、复旦大学古籍所所长章培恒教授和参加过陈云同志在北大召开座谈会、当时古委会主管科研工作的副秘书长安平秋同志共同负责,与秘书处同志一起具体筹划。经几个月的筹备,决定由古委会直接联系的18个高校古籍研究所承担这一工作,组成编委会,并开列出89种书的选目,对选译的进度、规划亦作了设计。此时,几家出版社闻讯而至,表示愿意出版这套丛书。最早与我们联系的巴蜀书社的段文桂社长以其强烈的事业心和对古籍今译的高度重视感动了我们,于是决定邀请巴蜀书社编辑参加第一次编委会议。

二、从柳浪闻莺到桂子山上
—— 第一批书稿的产生

第一次编委会于1986年5月在杭州柳莺宾馆

召开。宾馆因位于西湖十景之一的柳浪闻莺而得名。全国高校18个研究所的24名学者和有关人员聚集在这风景胜地,无心观柳,亦无从闻莺,紧张地工作了三天。会上确定了这套普及读物的读者对象是具有中等以上文化程度的广大群众,收书范围是中国历代文史名著,在名著之中选精。所选书目,在原拟89种基础上,调整为116种,以形成系统性。书中选篇之下分提示、原文、今译、注释四部分,以译文为主,书前有一前言,书中加入必要的插图。每一种书约10—15万字。书名确定为《古代文史名著选译丛书》。即由到会的24位学者组成丛书编委会①,由章培恒、马樟根、安平秋三人任主编。于是,编委会立即分成三个工作小组,在会上分头拟出丛书《凡例》、《编写、审稿要求》和《文稿书写格式》,经讨论修改而形成了正式文字以供遵循。在

---

① 编委会成员按姓氏笔划排列为:
马樟根　平慧善　安平秋　刘烈茂　许嘉璐　李国祥
金开诚　周勋初　宗福邦　段文桂　董治安　倪其心
黄永年　章培恒　曾枣庄(以上为常务编委)
王达津　吕绍纲　刘仁清　刘乾先　李运益　杨金鼎
曹亦冰　常绍温　裴汝诚(以上为编委)

自报的前提下，会上确定了由18个研究所承担前40部书的今译任务，要求当年年底完成。古委会主任、丛书顾问周林同志对编委会的认真精神、紧张工作和显著效率十分赞赏，他说："有这样一个编委会，有这样一个阵容来做选译，使中国历史文化不成为专属于少数人的知识，使能看报纸的人都读懂自己民族的名著，从而树立爱国主义、建设有民族特色的精神文明，其意义之深远将会在今后愈益显露出来。"于是，有1000余万字的大工程便从这里开始了。

当年年底各研究所的今译书稿经作者完成后，由在该所的编委审改，到1987年5月和7月，先后在复旦大学、北京大学两次召开编委审稿会。这种审稿会，说是审稿，实际上是边审边改，字斟句酌，每部书稿必须经一位编委、一位常务编委审改把关，经过这样两道工序，汇总到主编手中，40部书稿通过了25部。其中部分书稿赶印了样稿征求意见。于是周林同志于7月6日在北大临湖轩邀请了在京十几位专家与正在审稿的编委一起研究样稿，探讨如何提高这套今译丛书的质量。

根据编委审稿发现的问题和在京专家们的意

见,丛书亟需在已定体例的框架中条列细则;而出版单位巴蜀书社又希望所出版的第一批书为50种以便形成格局,需要布置各研究所承担新的今译任务。这样,1987年10月在华中师范大学再次召开了编委会,又请了詹锳、周振甫、刘乃和、郭预衡等先生到会指导。

　　这次编委会是在审看了40部书稿后,发现了一大批问题亟待解决,又是在需要布置下一步任务的状况下召开的,是一次承上启下的编委会。会议初期人们的心情和会上的气氛都带有一股子严峻与急切。会议从5日到8日开了三天半。但是在4日晚上开预备会的时候,主编章培恒先生尚未到会,亦无他是否已从上海出发的信息。5日上午就要开会了,主编不到怎么行呢?5日一早,我们还在沉睡之中,忽听有人敲门,进来的竟是章培恒!一向风神儒雅、衣装考究的章培恒先生,此时却是一身尘灰、满脸疲惫地站在我们面前。原来他从上海出发前,未能买到机票或船票,而上海到武汉又没有直达火车,只好先从上海坐火车到长沙,为了不误5日上午开会,他只好买了一张无座票,夜间从长沙出发一直站到武昌。一向走路辨不清方向的章培恒竟然在夜色未退之前一人从车站摸到了华中师大专家楼，也算是奇迹。

这次编委会，从体例的具体要求、书中选篇是否合适、每篇中的提示如何写、注释的繁简和语言的通俗性，到今译的信达雅如何把握，例如李白的"床前明月光，疑是地上霜，举头望明月，低头思故乡"这样通俗的诗是否要翻译，在在都有热烈的争论。感谢编委们的努力和学术判断力，最后终于形成了一个《细则》，一切争论都统一在这个《细则》之上。编委们在思想明确、分得新的任务之后，显出了少有的轻松与喜悦。会议结束正逢中秋节，华中师大的专家楼坐落在武昌桂子山上。入夜，桂子山上举行了赏月茶会，几张方桌，围坐着全体编委和特邀到会专家。天上明月如盘，清辉洒地，眼前桂树葱茏，桂花飘香，华中师大古籍研究所的青年们活跃席间，引得王达津先生即席赋诗，刘乃和先生清唱京戏。这气氛预示着《古代文史名著选译丛书》克服了当前的困难，第一批50种书稿有如母腹中的胎儿，快要降生了。

三、华清池畔的愁云与人民大会堂的欢欣
——第一批书出版的柳暗花明

1988年10月，编委们再一次聚会，审定第一批

50种中的最后十几部书稿、修改第二批50种中的大量书稿。这次审稿是在"东枕华山、西拒咸阳"的骊山脚下、华清池滨的一家招待所。这里古朴而不豪华，食宿低廉却又实惠，审稿之余，左近有风景可观，有古迹可寻，房内有43℃的温汤沐浴，编委们平日在校教学、科研工作劳累而生活清苦，如今有这样的环境与条件，感到少有的惬意。我们作为主编觉得这也是对编委们两年来辛勤编书的一点补偿。但这种适意之感很快就被两件事所驱散。一件事是书稿的质量。几十部书稿交来，一经审看，从注译到体例完全合格的只有寥寥可数的三四部，余下的，或需小改，或需大改，或根本不合格需退回重作。另一件事是出版发行成了问题。到会的巴蜀书社副社长黄葵同志向大家通报了即将印出的16本书征订情况，最多的为2000册，且只有一种，其他的只有800册、600册，甚至还有200余册。征订不佳，销路不畅，出书要赔钱，出版社为难，编委们又无计可施。此时哪还有心思去观赏"骊山云树郁苍苍，历尽周秦与汉唐"？也无心绪登上骊山，在烽火台前怀古。且正值"楼台八月凉"的节令，只有华清池畔秋雨飘零，秋风瑟瑟，落叶满地，不禁愁从中来。

愁则愁，还得面对现实。书稿质量不高，靠到会近20位编委十余天的逐字逐句修改，终于改定合格17部。至于出版发行问题，巴蜀书社的朋友费心经营，重新设计了封面，改进装帧，将第一批50种装成一个大礼品盒，成盒出售。从中又得到了国家新闻出版署、四川省出版局、国家教委有关司局和各省市教委的大力支持与帮助，发行面得以扩大，到了1990年下半年，首印的17000套书销售已尽，而问讯、索购者不绝，出版社决定再印30000套以供读者需要。中央领导了解到这套丛书受到读者欢迎，欣然为丛书题辞，江泽民总书记的题辞是"做好我国古代文史名著的传播普及工作，使其古为今用，以发扬爱国主义精神"，李鹏总理的题辞是"弘扬民族优秀文化，激励爱国主义精神"。李瑞环同志也为丛书题了辞。

1990年8月22日在北京人民大会堂召开了《古代文史名著选译丛书》出版座谈会。国家领导人李铁映、胡乔木、李德生、陈丕显、廖汉生、王汉斌、王光英出席，古委会主任周林同志主持会议，到会各阶层代表在发言中从不同角度肯定了这套书对促进青少年了解历史、了解国情、了解中华民族优秀传统文化、进行爱国主义教育的作用。时值盛夏,却逢喜雨,洗却了编委和出版社同志心中的忧虑,参加大会堂座谈会的13名常务编委会后又聚集在北京大学讨论深入认识编纂这套丛书的重大意义,研究审改好第二批书稿的具体措施。

四、从舜耕山庄耕作到乐山脚下
——第二批书稿审定之艰辛

第二批书稿50种50册,是1987年10月布置的。1988年10月在西安审改合格的17部书稿都已放入第一批中以替换原已通过的第一批中质量较差的书稿。这样,第二批书稿当时余下的已完成的有20余部,却都不合格,只能要求译注者和编委再行修改。一年之后,编委会汇总来重新改好和新译注交来的第二批书稿44部,1989年10月于济南千佛山下的舜耕山庄召开了常务编委审稿会。

这次审稿,发现的问题较多。有的选目不当,如有的史书重要人物的传不选却选入无关紧要而又无学习价值的人物传,有的名家的文章名篇不选却选入既无文学价值又无借鉴意义的篇章。有的选译所依据的底本不当,舍弃现有的精校本却用校勘不善的本子。有的虽有根据地改动正文却只在注释中说"原作……据别本改",而不指明据何本改。有的注释过繁,不利于一般读者阅读;有的注释极简,该注释的地方不注,使广大读者看了译文仍无法理解全文的精妙;而更多的是注释不准确,对一字一词增字为训而歪曲了原意的毛病也较普遍。译文问题更多,有的语义不清,佶屈聱牙,把"三顾频烦天下计,两朝开济老臣心"译为"三顾茅庐频烦为天下大计,两朝事业开济尽老臣忠心",有的为追求通俗生动把"君何往"中的"君"译为"老兄"。每篇的提示,有的写得很长变成了文章赏析,有的虽短却不中肯綮,用了类似"文革"期间的语言扣几顶大帽子了事。看这样的稿子都觉头痛,改这样的稿子更感艰难。审稿历时12天,参加审稿、当时63岁的黄永年先生向我们诉苦:"头发掉了一把!"有的编委说,千佛山古称历山,传说舜在这里开垦耕耘,十分艰辛,我们住在舜耕山庄,预示着我们为这套丛书垦荒笔耕,也要历尽千辛。这次审稿,经过审改之后,有10部书稿合格,有11部需会后再作小的修改方能通过,余下的均需作大的改动或另请人译注。

这次审稿还研究了所选戏曲部分的曲辞如何今译问题，如规定了念白中出现的诗句只注不译，上、下场诗只注不译，注而不译的文字在译文中应予保留以便参读。

到1990年12月，丛书常务编委在广州研究丛书如何体现批判继承精神、如何提高第二批书稿质量时，又有18部书稿完成交来。为了保证书稿质量，使1991年上半年召开的常务编委审稿会得以顺利进行，我们三个主编从广州匆匆赶到北京，用了一周时间审看了这18部书稿，通过了7部，11部退改。当我们看完最后一部书稿碰头研究时，已是12月31日。在1990年一年内，我们仅仅通过了这7部书稿。加上1989年在舜耕山庄通过的10部，也仅有17部，尚差33部方足第二批的50部。

1991年5月，常务编委来到古称嘉州的乐山市，在乐山山腰的八仙洞宾馆继续审改第二批书稿。改稿时间只有十天，要力争将50部推出，其繁重可知。我们在改稿过程中，不禁想到明万历年间嘉州知州袁子让的诗句"登临始觉浮生苦"，想到这套丛书从起步到这次审改已历时5年，当初怎么也没有想到完成这套丛书会是如此的艰辛，真是登临始觉笔耕苦啊!

　　这次乐山审稿,通过了 13 部书稿。好在余下的 20 部书稿只须小改即可在会后交稿,终于在 1991 年 8 月将这 20 部书稿全部改定交巴蜀书社。第二批 50 部历时近四年终于定稿了。

五、在金陵古都作光辉的一结
——第三批书稿的完成

　　1990 年 12 月据出版社的要求,这套丛书出齐当为 150 种,到乐山会上又修正为 110 种至 125 种,最后数字的确定根据最后一次审稿结果而定,合格的即入选,不合格的不再修改选入。根据这一共识,今年 4 月中旬,我们一部分常务编委聚集到六朝古都南京,从已经交来的 35 部书稿中选择经小改合格的书稿。经过十一天的劳作,选择、改定 33 部,由到会的常务编委、巴蜀书社的段文桂总编和编委、巴蜀书社的刘仁清副编审带回成都,将经由他们的继续辛苦而使《古代文史名著选译丛书》以 133 部、1500 万字之数呈献给热爱中华文化的读者。

　　这套丛书从 1986 年 5 月起步,历时整整六年,平日繁细工作不计,仅编委大小审稿会就开了 12 次之多。丛书的发起人、顾问、古委会主任周林同志先后参加了8次审稿会,每次都自始至终和大家在一起,听取审稿情况,了解遇到的问题;当我们遇到困难的时候他为我们鼓劲,当我们感到欣喜的时候他提醒我们不可大意。这次他又和我们一起来到虎踞龙蟠的石头城下,为我们督阵,看我们能否为这套丛书作出光辉的一结。

　　此时此刻,我们与这次会议的东道主、丛书常务编委、南京大学的周勋初先生漫步在中山陵旁,想到今译丛书已基本完成,自然感到如释重负,但理智却使我们不敢轻松,我们期待着全书133部出齐之后专家、读者的评头品足。

1992年4月26日

(原载《中国典籍与文化》1992年第1期)

古代文史名著选译丛书(修订版)总目

丛书主编:章培恒　安平秋　马樟根

书　名	译注者		审阅者		定价/元
老子注译	张玉春	金国泰	安平秋		16.00
庄子选译	马美信		章培恒		18.00
荀子选译	雪　克	王云路	董治安	许嘉璐	19.00
申鉴中论选译	张　涛	傅根清	董治安		18.00
颜氏家训选译	黄永年		许嘉璐		15.00
论语注译	孙钦善		宗福邦		28.00
孟子选译	刘聿鑫	刘晓东	黄　葵		20.00
墨子选译	刘继华		董治安		14.00
韩非子选译	刘乾先	张在义	黄　葵		19.00
新序说苑选译	曹亦冰		倪其心		25.00
论衡选译	黄中业	陈恩林	许嘉璐		22.00
管子选译	缪文远	缪　伟	董治安		18.00
列子选译	王丽萍		周勋初	倪其心	19.00
韩诗外传选译	杜泽逊	庄大钧	董治安		24.00
盐铁论选译	孙香兰	刘光胜	黄永年		13.00
诗经选译	程俊英	蒋见元	刘仁清		19.00
楚辞选译	徐建华	金舒年	金开诚		15.00
贾谊文选译	徐　超	王洲明	安平秋		17.00
司马相如文选译	费振刚	仇仲谦	安平秋		11.00
文心雕龙选译	周振甫		黄永年		17.00
庾信诗文选译	许逸民		安平秋		18.00

书 名	译注者		审阅者		定价/元
嵇康诗文选译	武秀成		倪其心		18.00
谢灵运鲍照诗选译	刘心明		周勋初		18.00
陈子昂诗文选译	王 岚		周勋初	倪其心	14.00
李白诗选译	詹 锳	等	章培恒		22.00
高适岑参诗选译	谢楚发		黄永年		23.00
元稹白居易诗选译	吴大逵	马秀娟	宗福邦		21.00
柳宗元诗文选译	王松龄	杨立扬	周勋初		18.00
李贺诗选译	冯浩菲	徐传武	刘仁清		20.00
杜牧诗文选译	吴 鸥		黄永年		14.00
李商隐诗选译	陈永正		倪其心		19.00
唐五代词选译	亦 冬		董治安		16.00
唐文粹选译	张宏生		周勋初		18.00
晚唐小品文选译	顾歆艺		平慧善		15.00
黄庭坚诗文选译	朱安群	等	倪其心		18.00
辛弃疾词选译	杨 忠		刘烈茂		24.00
元好问诗选译	郑力民		宗福邦		20.00
宋四家词选译	王晓波		倪其心		16.00
黄宗羲诗文选译	平慧善	卢敦基	马樟根		15.00
吴伟业诗选译	黄永年	马雪芹	安平秋		20.00
方苞姚鼐文选译	杨荣祥		安平秋		20.00
明代散文选译	田南池		马樟根		22.00
顾炎武诗文选译	李永祜	郭成韬	刘烈茂		23.00
张衡诗文选译	张在义 韩格平	张玉春	刘仁清		16.00
汉诗选译	张永鑫	刘桂秋	金开诚		19.00

书 名	译注者		审阅者		定价/元
阮籍诗文选译	倪其心		刘仁清		15.00
三曹诗选译	殷义祥		刘仁清		22.00
诸葛亮文选译	袁钟仁		董治安		16.00
陶渊明诗文选译	谢先俊	王勋敏	平慧善		16.00
杜甫诗选译	倪其心	吴 鸥	黄永年		17.00
王维诗选译	邓安生	等	倪其心		20.00
刘禹锡诗文选译	梁守中		倪其心		20.00
孟浩然诗选译	邓安生	孙佩君	马樟根		18.00
韩愈诗文选译	黄永年		李国祥		20.00
欧阳修诗文选译	林冠群	周济夫	曾枣庄		20.00
曾巩诗文选译	祝尚书		曾枣庄		19.00
苏轼诗文选译	曾枣庄	曾 弢	章培恒		23.00
李清照诗文词选译	平慧善		马樟根		15.00
陆游诗词选译	张永鑫	刘桂秋	黄 葵		24.00
朱熹诗文选译	黄 坤		曾枣庄		20.00
文天祥诗文选译	邓碧清		曾枣庄		20.00
袁枚诗文选译	李灵年	李泽平	倪其心		20.00
王安石诗文选译	马秀娟		刘烈茂	宗福邦	18.00
二程文选译	郭 齐		曾枣庄		25.00
范成大杨万里诗词选译	朱德才	杨 燕	董治安		26.00
萨都剌诗词选译	龙德寿		曾枣庄		28.00
王阳明诗文选译	吴 格		章培恒		18.00
徐渭诗文选译	傅 杰		许嘉璐	刘仁清	17.00
李贽文选译	陈蔚松	顾志华	李国祥	曾枣庄	17.00

书 名	译注者		审阅者	定价/元
三袁诗文选译	任巧珍		董治安	17.00
王士禛诗选译	王小舒	陈广澧	黄永年	13.00
龚自珍诗文选译	朱邦蔚	关道雄	周勋初	13.00
尚书选译	李国祥 谢贵安	刘韶军 庞子朝	宗福邦	14.00
礼记选译	朱正义	林开甲	宗福邦	22.00
左传选译	陈世铙		董治安	22.00
国语选译	高振铎	刘乾先	黄葵	22.00
战国策选译	任重	霍旭东	李国祥	21.00
吕氏春秋选译	刘文忠		董治安	17.00
吴越春秋选译	郁默		倪其心	19.00
史记选译	李国祥 张三夕	李长弓	安平秋	29.00
汉书选译	张世俊	任巧珍	李国祥	22.00
后汉书选译	李国祥 彭益林	杨昶	许嘉璐	24.00
三国志选译	刘琳		黄葵	18.00
晋书选译	杜宝元		许嘉璐	15.00
宋书选译	漆泽邦	孔毅	李国祥	19.00
南齐书选译	徐克谦		周勋初	18.00
北齐书选译	黄永年		安平秋	16.00
梁书选译	于白		周勋初	17.00
陈书选译	赵益		周勋初	17.00
南史选译	漆泽邦		安平秋	22.00
北史选译	刁忠民		段文桂	20.00

书 名	译注者		审阅者		定价/元
周书选译	黄永年		安平秋		15.00
魏书选译	杨世文	郑 晔	周勋初		22.00
隋书选译	武秀成	赵 益	周勋初		20.00
新唐书选译	雷巧玲	李成甲	黄永年		16.00
旧唐书选译	黄永年		章培恒		16.00
新五代史选译	李国祥 姚伟钧	王玉德	周勋初		18.00
旧五代史选译	贾二强		黄永年		17.00
宋史选译	淮 沛	汤 墨	曾枣庄		20.00
辽史选译	郭 齐	吴洪泽	曾枣庄		21.00
金史选译	杨世文 李文泽	祝尚书 王晓波	曾枣庄		21.00
元史选译	樊善国	徐 梓	马樟根		25.00
明史选译	杨 昶		李国祥		20.00
清史稿选译	黄 毅		章培恒		22.00
贞观政要选译	裴汝诚	王义耀	黄永年		18.00
史通选译	侯昌吉	钱安琪	周勋初		16.00
资治通鉴选译	李 庆		黄永年		16.00
续资治通鉴选译	徐光烈		安平秋		24.00
通鉴纪事本末选译	谈蓓芳		章培恒		21.00
洛阳伽蓝记选译	韩结根		章培恒		22.00
梦溪笔谈选译	李文泽		曾枣庄		20.00
徐霞客游记选译	周晓薇	等	黄永年	马樟根	17.00
宋代笔记小说选译	朱瑞熙	程君健	金开诚等		19.00
关汉卿杂剧选译	黄仕忠		刘烈茂		24.00

书名	译注者		审阅者		定价/元
明代文言短篇小说选译	黄　敏		章培恒		23.00
六朝志怪小说选译	肖海波	罗少卿	刘仁清		21.00
世说新语选译	柳士镇	钱南秀	周勋初		23.00
水经注选译	赵望秦张艳云	段塔丽	许嘉璐		19.00
唐人传奇选译	周　晨		曾枣庄		24.00
唐五代笔记小说选译	严　杰		周勋初		21.00
大慈恩寺三藏法师传选译	贾二强		黄永年		18.00
宋代传奇选译	姚　松		周勋初		22.00
聊斋志异选译	刘烈茂欧阳世昌		章培恒		22.00
阅微草堂笔记选译	黄国声		安平秋		16.00
清代文言小说选译	王火青		周勋初		23.00
历代名画记图画见闻志选译	周晓薇	赵望秦	黄永年		17.00
容斋随笔选译	罗积勇		宗福邦		20.00
唐才子传选译	张　萍	陆三强	黄永年		24.00
西厢记选译	王立言		董治安		20.00
元代散曲选译	彭久安		刘烈茂	金开诚	21.00
日知录选译	张艳云	段塔丽	黄永年		22.00
桃花扇选译	张文澍		章培恒	段文桂	15.00
牡丹亭选译	卓连营		章培恒		14.00
长生殿选译	戚海燕		董治安		20.00